Ich
70 Jahre Leben
eines kleinen Mannes
den keiner kennt

Rudolf G.Siering

Herstellung: Books on Demand GmbH
ISBN 3-8311-1669-5
Foto: Foto Hempel, Chemnitz

Es gibt eigentlich überhaupt keinen Grund, meine Biographie zu schreiben. Weder bin ich Politiker noch Sportler, und trotz meiner literarischen Ambitionen kann ich mich wohl kaum Schriftsteller nennen. Ich bin ein ganz normaler Mensch, wenn es so etwas wie normal überhaupt gibt.

Als Kind hatte ich oft dicke Mandeln. Zusammen mit vierzig anderen Kindern hatte ich dann mal die Krätze. Später bekam ich einen Tripper und noch später Differenzen mit der Staatssicherheit der DDR, worüber ich acht Monate nachdenken durfte. Sehr viel später traf mich ein Herzinfarkt und die Rente. Alles stinknormal. Oder ?

Kann man damit eine Biographie schreiben ? Oder gerade deswegen ? Schon dass ich das erwäge, also die Hoffnung habe, dass dies jemand liest, zeigt, dass ich ein irrer Optimist bin. Und darauf bin ich eigentlich ein bisschen stolz, wenn man bedenkt, wie viele Leute heutzutage lamentieren.

Womit fängt man an ? Mit der Geburt ? Das wäre dann aber schon nicht mehr auto. Alles darüber weiß ich ja eigentlich nur vom Hörensagen. Zur Not noch aus meiner Geburtsurkunde. Die habe ich jedoch irgendwann verschlampt. Ich bin ein ziemlicher Chaot. Also: Wenn alles stimmt, was man so erzählt, bin ich am 16. Februar 1930, kurz vor Mitternacht, in Offenbach am Main geboren. Wer rechnen will (und kann) wird herausbekommen, dass ich jetzt siebzig bin. (Zumindest während ich das schreibe.) Wer sich die Mühe macht nachzusehen, erfährt, dass ich an einem Sonntag geboren wurde und Wassermann bin, wenn das von irgendeiner Bedeutung ist.

Meine Eltern waren schon etwas älter. Mein Vater wurde 1883 geboren. Kann sich jemand vorstellen, dass es damals weder Kino noch Fernsehen gab, er hatte noch kein Auto gesehen und keine Eisenbahn. Meine Mutter kam 1899 zur Welt. Da ich sicher über die beiden schreiben muss, sei gleich zu Beginn erwähnt, dass sie gute und ordentliche Menschen waren. Mein Vater hatte Tischler gelernt und musste später in einem Pionierpark arbeiten, da er als Soldat zu alt war. Meine Mutter arbeitete als ungelernte Köchin in einer Gaststätte. Bei Kriegsbeginn wurde sie in einer Gerberei verpflichtet, wo sie Leder mit Annilinfarbe spritzen musste, wovon sie Asthma bekam. Beide hatten, auch während der Hitlerzeit, eine etwas konfuse, mehr gefühlsmäßige, aber gefestigte kommunistische Überzeugung. Ich werde sie bestimmt auch kritisieren müssen, aber ich möchte ausdrücklich sagen, dass sie mich geliebt haben. Sie haben mich nie als abhängiges, dummes Kind behandelt, sondern immer als Mensch.

Ich glaube nicht, dass es viele Menschen gibt, die sich bis zu ihrem zweiten Lebensjahr zurück erinnern können. Ich kann's ! Das wird manchmal

1

angezweifelt, aber ich kann es beweisen. Wir, das heißt meine meine Eltern, mein acht Jahre älterer Bruder und ich, sind im Januar 1933 umgezogen. Vom Hinterhaus in eine Vorderhauswohnung. Das mag heute nicht so wichtig erscheinen. (Gibt es eigentlich noch Hinterhäuser?) Damals war es schon wichtig, gewissermaßen ein Aufstieg. Für mich war das ein Tag wie im Zirkus.

Eine Menge Leute, Freunde meiner Eltern, liefen in der alten Wohnung umher und richteten ein heilloses Durcheinander an. Später saßen sie dann alle in einem leeren Raum der neuen Wohnung an einem langen Brett, das über zwei Waschböcke gelegt war und löffelten Erbsensuppe, die meine Mutter in einem riesigen Topf gekocht hatte.

Kurios erschien mir, dass mein Vater später mit einer Lötlampe alle Räume, Strich für Strich, ausbrannte. Vor uns hatte hier eine Beamtenfamilie gewohnt. Die hatten Wanzen, wie mein Vater vor sich hin maulte. Ich wusste damit allerdings nichts anzufangen. Es gab Leute die hatten Katzen, andere einen Hund, und ich kannte sogar eine ältere Frau, die hatte Goldfische. Aber Wanzen?

Bis ich in die Schule kam wurde ich in der neuen Wohnung nicht heimisch. Gott sei Dank war die alte nur um die Ecke, sodass ich meine Spielkameraden schnell mal besuchen konnte. In dem alten Haus mit den Zementtreppen nahm man alles nicht so genau. In unserem neuen Zuhause, wohnten außer dem Hausbesitzer nur zwei Familien und im Dachgeschoss eine alte Frau, für die ich manchmal einkaufte, wofür ich einen Fünfer (fünf Pfennige!) bekam. Das ganze Treppenhaus war mit Linoleum ausgelegt, und damit es schön glänzte, musste es immer gut gewachst und gebohnert werden. Ich musste leise und langsam die Treppen hinauf und hinab gehen, und die Füße ordentlich abstreichen bevor ich ins Haus ging. Darauf wurde sehr geachtet.

Im Haus gab es ein paar Besonderheiten: Die Hauseigentümer besaßen nicht nur ein Elektrogeschäft sondern auch ein Dienstmädchen. Neben der Tür zur Etagenwohnung gab es ein kleines Ornamentglasfenster, durch welches das Dienstmädchen herausschaute, wenn jemand die Treppe hinaufging oder an der Tür klingelte. Mich rief sie manchmal herein in die Küche, wenn sie alleine war, wo ich ein Stück Kuchen bekam, oder auch mal einen Rest vom kalten Braten.

Die zweite Besonderheit war die alte Dame im Dachgeschoss. Nein, nicht sie selber, aber sie besaß einen kleinen, geheimnisvollen Kasten. Da schaute ein dünner, beweglicher Metallstift heraus und man konnte über zwei Buchsen ein paar Kopfhörer anschließen. Sie nannte es einen `Detektor´. Ein

2

Radio hatten damals die wenigstens. Wenn man den Stift ein wenig hin und her bewegte, konnte man, wenn man Glück hatte, Musik hören, oder einen Mann der Nachrichten oder Wasserstandsmeldungen vorlas. Ich begriff jedoch nie , woher der wusste, dass ich gerade zuhörte, und warum er glaubte, dass mich interessierte, wo das Wasser wie hoch stand. Mein Vater der damals arbeitslos war, sagte immer es stünde ihm bis zum Hals, aber das hat der Detektormann niemals erwähnt. Wahrscheinlich hat er es nicht gewusst.

Ich habe auch später nie begriffen wie ein Radio funktioniert. Mein späterer Lehrer, von dem ich noch reden werde, hat es uns mal so erklärt: „Stellt euch vor, es gäbe einen gaaanz langen Hund. Wenn man dem in Berlin auf den Schwanz tritt, bellt er mit dem Kopf in Eurer Wohnstube. Genau so funktioniert ein Radio. Nur ohne Hund." Heute gibt es Fernseher, wie aber die funktionieren begreife ich auch nicht.

Neben uns wohnte eine Familie mit einer Tochter, die ein oder zwei Jahre älter war als ich. Sie waren sehr freundlich, taten aber immer ein bisschen vornehm. Deshalb fand ich es immer besonders lustig, wenn man auf der Toilette, die für beide Familien nebeneinander eine halbe Treppe tiefer lag, jemand pupsen hörte. Durch eine Ritze in der hölzernen Trennwand konnte man dann nachschauen, wer es gewesen war. Das hatten die aber gar nicht so gerne, und man musste höllisch aufpassen, dass man nicht erwischt wurde.

Mit sechs kam ich dann in die Schule. Eigentlich hatte ich mich sehr darauf gefreut, aber bald verging mir die Freude. Es gab erst mal eine Zuckertüte. Die war riesengroß, aber von den Nachbarn ausgeliehen. Ich dachte, sie sei voller Schokolade und Bonbons, doch da wurde ich enttäuscht. Zur Hälfte war sie mit Zeitungspapier ausgestopft. Darauf lagen wollene Strümpfe, gefolgt von lauter Schulsachen, von denen nur eine Schachtel mit Buntstiften interessant war. Nur auf der obersten Schicht gab es Süßigkeiten. Ich bekam eine neue Hose. Schwarz, aus Samt, mit jeweils drei Perlmuttknöpfen auf jeder Beinseite. Sie reichte bis an die Knie. Da es Ostern war, zwar sehr schönes Wetter aber kalt, musste ich lange Strümpfe anziehen. Damit die nicht rutschten, war oben jeweils ein Knopf angenäht, wo ein Gummiband angeknöpft wurde, das am anderen Ende an einem Leibchen hing. Mit einem scheußlich roten Pullover wurde mein Anzug komplettiert. Mein Sträuben half mir nichts. So ausstaffiert, mit der Zuckertüte und einem gebrauchten Lederranzen musste ich zum Schulantritt. Die anderen waren ähnlich verkleidet.

Später am Tag hat mich dann ein Freund meiner Eltern im

Büsingpark, neben den beiden Löwen, die damals noch an der Freitreppe das Maul aufrissen, fotografiert. Da die Spitze meiner Zuckertüte inzwischen abgebrochen war, musste ich sie mit den Fingern meiner rechten Hand verdecken. Wer das Foto sehen möchte, ich hab es noch. Das geforderte Lächeln war mehr ein gequältes Grinsen. Ich denke mal wegen der Samthose und den am Leibchen hängenden langen Strümpfen.

Der Schulalltag war nicht sehr berauschend. Ein alter Lehrer ließ uns hauptsächlich singen, was ich allerdings schon bei meiner Mutter gelernt hatte. Er spazierte dabei durch die Bankreihen und zerkratzte ein alte Geige. Wenn er einen erwischte, der falsch oder überhaupt nicht sang, bekam der durch einen schnellen Schlenker der rechten Hand des Lehrers die Rückseite des Geigenbogens auf den Kopf. Je nachdem wo er hintraf, tat das ganz schön weh. Schlimmer war es jedoch, wenn wir nicht singen mussten. Dann saß er grimmig an seinem Katheder, und sowie er etwas zu sehen glaubte, das ihm nicht gefiel, schmiss er einen Schlüsselbund in die Klasse, ohne zu bedenken, wo er hintraf. Saß er nicht vor den Bänken, ging er durch die Reihen und schlug mit der Kante eines Holzlineals auf die Handrücken seiner Gegner. Er hatte aber auch keine Hemmungen, Sachen zu beschädigen. Als ich einmal unter der Schulbank an den Riemen meines Ranzens herumspielte, zückte er ein Taschenmesser und schnitt einen der Riemen ab.

Mein Vater, dem ich das ängstlich zeigte, reagierte aber zu meiner Verwunderung überhaupt nicht darauf. Bis sich am nächsten Tag, mitten im Unterricht die Tür unseres Klassenzimmers öffnete, und zu meinem Entsetzen mein Vater hereinkam. Mit einem freundlichen Nicken zu meinem Lehrer ging er ohne ein Wort zu sagen an den Klassenschrank, nahm den Bügel mit der Jacke meines Lehrers heraus und schnitt einen der beiden Ärmel ab. Dann verließ er mit einem höflichen Gruß die Klasse. Am nächsten Tag hatte ich Angst und wollte nicht zur Schule, aber mein Vater sah mich nur nachdenklich an. Der Lehrer hat mich nie wieder angerührt und sich auch bei den anderen zurückgehalten.

In meinem zweiten Schuljahr wurde er pensioniert. Wir waren alle neugierig, welcher Lehrer jetzt die Klasse übernehmen würde. Dann betrat der Direktor unser Klassenzimmer. In seiner Begleitung war der neue Lehrer. Wir waren entsetzt. Er hieß Röhrle und war uns schon immer aufgefallen, wenn er in der großen Pause Hofdienst hatte. Es war ein langer, hagerer Mann. Das Gesicht hatte eine bleiche Farbe. Durch schüttere Haare schimmerte die Kopfhaut. Von der Schläfe zum Kinn wurde das Gesicht schmaler und er

4

schaute streng mit blassen Augen. Ständig bewegte er kauend den Kiefer, und die Wangenknochen schoben sich auf und ab.

Ich will es kurz machen. Das strenge Gesicht war eine Maske, die er wahrscheinlich zu seinem Schutz benutzte. Er war ein sehr sensibler, gütiger Mann mit viel Verständnis für seine Schüler. Als ich später in die Mittelschule wechselte, wechselte er zufällig auch, und ich hatte ihn, mit kurzen Unterbrechungen bis zum letzten Schultag als Klassenlehrer. Ich wünsche jedem jungen Menschen solch einen Freund.

Wir wurden, ich glaube zu Beginn der fünften Klasse, ins Jungvolk übernommen. Wenn heute jemand behauptet, er sei nicht Pimpf gewesen, oder mit vierzehn in der Hitlerjugend, dann lügt er oder er hatte Eltern mit viel Mut. Diese Organisation bat man nicht um Aufnahme. Mit dem vorgegebenen Alter war man drin. Basta ! Es war ja auch nicht so schlimm. Manchmal war es sogar schön, wenn wir am Lagerfeuer Volkslieder sangen, oder zur Sonnwendfeier über hohe Flammen springen durften. Mir war der `Dienst´ lästig, der jeden Samstag Nachmittag obligatorisch war. Bei besonderen Gelegenheiten auch mal mitten in der Woche. Da wurde militärisch gedrillt, oder Geländespiele, symbolische Kriege, durchgeführt, wobei es oft ein blaues Auge setzte. Oder es wurde die nationalsozialistische Ideologie eingepaukt, ohne Diskussion. Der Befehl des Fähnleinführers ging dabei unbedingt über die Anordnungen des Lehrers. Der Befehl zum Dienst war auch einzuhalten, wenn eigentlich Schulstunde gewesen wäre.

Da zeigte sich aber, dass unser Lehrer, A.E.Röhrle wie er die Zeugnisse unterschrieb, viel Klüger war als unser Fähnleinführer.

Mit List überzeugte er ihn von der Notwendigkeit anderer Aufgaben. Er machte aus unserer Klasse begeisterte Heilkräutersammler- und trockner, „damit die Volksgemeinschaft gesund bleibt." Oder wir züchteten Seidenraupen und sammelten Futter vom Maulbeerbaum für sie, weichten die Cocons ein und wickelten die langen Fäden auf. „Damit unsere Soldaten gut gekleidet werden können." Wir bastelten Segelflugzeug-und Schiffsmodelle, „damit unsere Jugend Technikverständnis entwickelt und gute Soldaten werden." Ich habe erst sehr viel später begriffen, dass er uns damit von der Beeinflussung mit nationalsozialistischem Gedankengut zumindest teilweise bewahrte und uns vor mancher knochenschindenden Exerzierstunde rettete.

Vor den Bombenangriffen, die jetzt fast jede Nacht stattfanden, konnte er uns aber nicht retten. Nachts hockten wir in den Luftschutzkellern, und am Tag sollten wir die Energie für die Schule aufbringen. Ich glaube, mit Beginn der sechsten Klasse war es, als irgendwer bestimmte, dass die Kinder aus bombengefährdeten Regionen in Gegenden gebracht wurden, die weniger gefährdet waren, also hauptsächlich in ländliche Orte, wo es keine Angriffe gab. Unsere Schule wurde dann komplett nach Gumpelstadt in Thüringen verschickt. Leider konnte unser Lehrer, aus Gründen die wir nicht kannten, nicht mitkommen. Später habe ich dann erfahren, dass er offiziell Einspruch erhoben hatte gegen die Absicht in solchen gefährlichen Zeiten die Kinder von ihren Eltern zu trennen. Deshalb durfte er nicht mitfahren.

Ich weiß es nicht genau, aber in diesem Lager waren wir vielleicht vierhundert Kinder. Als dann nach kurzer Zeit Gerüchte bei den Eltern auftauchten von Orgien zwischen den Lehrern und den Küchenfrauen, kam auch heraus, dass fast alle Schulkinder Tabakpfeifen besaßen und alles mögliche darin rauchten (im nahen Schweina, einem kleinen Ort, gab es eine alteingesessenen Pfeifenmanufaktur), stellte man fest, dass das Lager mit den vielen Kindern zu groß war. Deshalb wurden einige Klassen in andere Lager verlegt. Unsere Klasse, vielleicht zwanzig Kinder, kam nach Zeulenroda in Thüringen. Mit uns ein alter, eigentlich schon pensionierter, Lehrer, der sich überhaupt nicht für uns interessierte. Außerdem gab man uns einen Fähnleinführer mit, er war vielleicht achtzehn oder neunzehn Jahre alt, sportlich und außerordentlich aktiv, und so ging dann der militärische Drill weiter. Die ganze Woche über. Er hieß Dorschel (großes D, kleines orschel) und war ein überaus vorbildlicher Nazi. Er machte mit uns zum Beispiel Nachtjagden, in dem er heimlich zwei oder drei von uns wegschickte, um Spuren zu legen. Dann ließ er die Klasse mitten in der Nacht wecken: Es seien englische Spione abgesprungen, und wir hätten den Auftrag, sie zu suchen und gefangen zu nehmen. Natürlich taten wir alle sehr eifrig, aber ich glaube, die meisten hatten genau so viel Schiss wie ich.

Im großen ganzen war wir Jungs auf uns selbst gestellt. Untergebracht waren wir in der „Pfefferleite", einer alten Pension mitten im Wald. Das ältere Ehepaar, dem die Pension gehörte, versorgte uns mit Essen. Sie waren sehr nett und das Essen gut und reichlich, soweit das in Kriegszeiten möglich war. Aber mit etwa fünfundzwanzig Personen, waren sie völlig überfordert, zumal das den alten Lehrer überhaupt nicht interessierte. (Vielleicht hätte man einen Küchendienst einrichten können.) Der Fähnleinführer beschränkte sich nur auf die körperliche und ideologische Ausbildung. Unsere Klamotten mussten wir selbst waschen. (In kaltem Wasser mit einem Stückchen Kernseife.) Die zwei Waschbecken im Gemeinschaftswaschraum reichten für die körperliche Hygiene auch nicht aus. Wir wurden deshalb jeden Tag vor dem Frühstück und bei jedem Wetter zu einem Karpfenteich kommandiert, in dem es vor Krebsen wimmelte. In dem schlammigen Wasser mussten wir uns, auch bei Frost, waschen. Es dauerte daher nicht allzu lange, bis wir alle die Krätze hatten und große Furunkel am ganzen Körper. Hinter den Kulissen gab es deshalb eine große Aufregung, und die Kontrollkommissionen gaben sich gegenseitig die Klinke in die Hand. Danach wurde wenigsten unsere Wäsche gewaschen. Von Gasteltern. Manchmal.

Unser Aufenthalt war für sechs Monate vorgesehen. Als es dann kalt wurde, eine Heizung gab es in der Pension nicht, wurden wir wieder in einen anderen Ort nach Ziegenrück verlegt, in ein schönes Hotel. Ich hatte einen gelungenen Einstand, weil ich mich am ersten Tag beim Zuschnüren meiner Schuhe bückte und dabei den mannshohen Schrankspiegel mit dem Hintern zerbrach. Die Hoteleigentümerin hatte mich sofort ins Herz geschlossen.

Im Dezember wäre unsere Zeit um gewesen, aber im November teilte man uns mit, dass wir auf unbestimmte Zeit dableiben müssten, da die Luftangriffe nicht weniger geworden seien. Von da an wurde unsere Truppe von Tag zu Tag kleiner. Einer nach dem Anderen verdrückte sich heimlich und es gab immer einen großen Aufruhr deshalb, aber alle wollten ja Weihnachten zu Hause sein. Einer meiner Klassenkameraden und ich verabredeten uns, ebenfalls abzuhauen. Fahrgeld hatten wir nicht, logisch mussten wir ohne fahren. Zu unserer Überraschung fanden wir noch drei aus unserer Klasse ebenfalls im Zug, auch ohne Fahrkarten. Es war eine taktische Meisterleistung von uns, mit Tricks und Kniffen und einer genialen Logistik, kollektiv dem Zugpersonal aus dem Wege zu gehen. Später dachte ich manchmal, dass wir ja nicht die ersten waren, die das versuchten, dass die Schaffnerinnen unsere Gründe kannten und verstanden, dass sie uns gar nicht erwischen wollten. Ich werde es nie erfahren.

Als ich zu Hause ankam, erfuhr ich, dass unsere Wohnung schon vor ein paar Wochen durch eine Phosphorbombe völlig ausgebrannt war. Mein Vater, als Tischler, hatte inzwischen das Notwendigste wieder hergerichtet. Mein Halbbruder aus meines Vaters erster Ehe, den ich am dritten September 1939 zur Bahn gebracht habe, weil er als einer der ersten eingezogen wurde, war gefallen. Ich hatte aber nie großen Kontakt zu ihm, weil er bei seiner Mutter gewohnt hatte. Ich war sehr traurig, aber doch nicht so wie man denken müsste. Vielleicht war ich noch zu jung, um das richtig zu begreifen.

Es stellte sich heraus, dass nur vier Jungen aus meiner Klasse nicht nach Hause gekommen waren. Ich besuchte meinen Lehrer in seiner Wohnung, um zu erfahren, wie es nun weiterginge, ob wir vielleicht bestraft würden. Andere hatte schon die gleiche Idee gehabt, und Herr A.E.Röhrle, unter uns hieß er nur der A.E., bestellte uns für den nächsten Montag zu Schule, und der Unterricht ging weiter als ob nichts geschehen sei.

Die Situation wurde immer schlimmer. Im Rhein-Main-Gebiet, wo wir zu Hause waren, häuften sich die Luftangriffe, und man teilte uns mit,, dass wir am 11. März 1944 wieder „ausgelagert" werden sollten. Diesmal sollte es in ein Dorf in der Nähe von Gießen gehen, nach Alten-Buseck. Dort würden wir in Bauernfamilien aufgenommen.

Es gab für uns nur ein Problem: Am 19. März war unsere Konfirmation vorgesehen. Das war ja für ins der Start erwachsen zu werden, dachten wir. Unser Protest half nichts. Wir mussten fahren. Dabei hatte ich mich in letzter Minute in den Konfirmanden Unterricht eingeschmuggelt, weil meine Freunde auch dort hingingen. Irgendwie habe ich den Pfarrer überzeugt, obwohl ich keinen Taufschein vorweisen konnte. Dass ich überhaupt nicht getauft war, habe ich ihm nicht erzählt.

Wir hatten alle schon über irgendwelche Beziehungen einen dunklen Anzug bekommen. Meiner war aus den Sachen meines Bruders geändert worden. Meine Mutter konnte ganz gut nähen, und ich musste schon immer die geänderten Klamotten meines Bruders auftragen. Wir hatten, durch Vermittlung des Pfarrers, die obligatorischen Schneeglöckchensträuße ergattert, welche die Jungen traditionsgemäß am Revers des ersten Anzugs mit langen Hosen trugen. Die Konfirmation sollte an zwei Tagen stattfinden. Ich weiß nicht, ob das so üblich ist. In kirchlichen Fragen kenne ich mich nicht so aus. Jedenfalls sollten wir am 18 .März in der Kirche der Gemeinde vorgestellt werden und durch Beantwortung einiger Fragen so eine Art öffentliche Prüfung ablegen. Da der Sohn des Pfarrers auch unter uns war, hatten wir keine Angst vor dem Abfragen evangelischer Weisheiten, denn er hatte die Fragen besorgt, die gestellt würden.

Trotzdem mussten wir am 11. März in den Zug steigen und Richtung Gießen abfahren. In Alten-Busek standen die Bauernfamilien auf dem Anger, um uns zu beäugen.. Ich glaube nicht, weiß es aber auch nicht genau, ob man die Bauern wegen unserer Aufnahme überhaupt gefragte hatte. Sie sahen uns anscheinend sehr skeptisch an und begutachteten uns wie auf einem Pferdemarkt, nur dass sie uns nicht die Lippen auseinander zogen, um unser Gebiss zu kontrollieren. Nachdem die Besten von uns vergeben waren, suchte mich eine alter Bauer aus dem Rest heraus. Meine Gastfamilie bestand aus vier Personen. Er, sicher um die siebzig. Beim Essen lief ihm aus den Mundwinkeln weißer Schaum heraus. Anfangs hatte ich mich davor geekelt, aber ich habe dann einfach nicht mehr hingeschaut. Die Bäuerin war etwas kurz geraten, dafür war sie ziemlich breit. Was mich verblüffte war, wie sie auf dem Feld kunstvoll im Stehen pinkelte. Ja tatsächlich ! Ich sah das, als wir eines Tages auf dem Acker waren zum ersten Mal. Die älteren Frauen trugen alle die Oberhessische Tracht. Da war es üblich, dass sie mehrere Röcke übereinander trugen. Sie verharrte in einer eigenartigen Stellung mit leicht eingeknickten Kien, zog die Röcke mit beiden Händen hinten und vorne vom Körper weg, und plötzlich rauschte es mächtig. Ich muss so dumm geguckt haben, dass mir der Bauer mit der flachen Hand eine auf den Hinterkopf gab. Es ist aber nichts zurückgeblieben.

Dann waren da noch zwei Töchter. Die ältere anscheinend um die dreißig, mit einem Pferdegebiss, war eine übrig gebliebene, die nicht mal einen Soldaten zum Schreiben hatte. Die jüngere hatte einen ganz kleinen geistigen Schaden. Nichts zum Fürchten, eher zum Lachen. Es sollte mir wegen der Bemerkung keiner Böse sein. Ich achte Behinderte, aber es war wirklich oft zum Lachen. Das waren meine ersten Eindrücke, aber sie war ein gutes Mädchen.

Ich hatte es tatsächlich nicht schlecht getroffen. Ich bekam ein eigenes Zimmer mit einem riesigen Bett und einer Art Baldachin darüber und mit Federbetten, in denen man sich verlaufen konnte. Das Zimmer hatte nur einen Nachteil. Es roch intensiv nach Äpfeln. Es kann sich niemand vorstellen, wie dieser an sich sehr angenehme Geruch auf die Dauer nerven kann. Es hatte natürlich den Vorteil, dass es einen halben Meter hoch vollständig mit Äpfeln angefüllt war, so dass ich immer Äpfel essen konnte, ohne jemanden zu fragen. Das war schon angenehm, obwohl die Verpflegung gut war.

Da die beiden Mädels mächtig auf dem Hof mithalfen, wurde ich nicht so in die Arbeit angespannt, wie andere aus meiner Klasse, die kaum noch dazu kamen, Schularbeiten zu machen. Ich musste ab und zu mal die drei Kühe hüten, abends Rüben auf einer handbetriebenen Maschine schroten, das ging ganz schön über die Knochen. Dem Bauern musste ich beim Brennholz sägen helfen, und bei der Ernte und beim Dreschen wurde ich viel eingespannt. Die Kornernte wurde mit ganz einfachen Hilfsmittel bewerkstelligt, manches mal sogar noch mit einer Sense. Die riesige, staubige und rasselnde Dreschmaschine wurde geborgt und ging von Hof zu Hof. Alle Bauern des Dorfes halfen bei allen mit.

Das bekam ich aber erst im Lauf der Zeit mit. Zuerst ging es mal um das Problem Konfirmation.. Von meinen Eltern hatte ich ein paar Mark Taschengeld mitbekommen. Um zu sparen, liefen wir allerdings die paar Kilometer nach Gießen zu Fuß. Unser Lehrer, nicht aber der HJ-Führer, wusste Bescheid. Dann setzten wir uns gegen Mittag in den Zug nach Offenbach. Es war der 17. März 1944.

Am Abend trafen wir Konfirmanden uns alle noch mal. Einige hatten zu Hause Obstwein geklaut und einer brachte Zigaretten mit. Schließlich waren wir ja jetzt so gut wie erwachsen. Es war sehr lustig und mir wurde sehr übel.

Am nächsten Tag wurden wir hintereinander feierlich in die vollbesetzte Kirche geführt. Einige Frauen weinten. Der Pfarrer hielt eine lange Rede, von der wir vor Aufregung kaum etwas mitbekamen. Dann wurden wir abgefragt, was wir vom lieben Gott wüssten. Die fragen waren so leicht zu beantworten, dass wir den Sohn des Pfarrers überhaupt nicht gebraucht hätten.

Den Tag über liefen wir stolz mit unseren langen Hosen, und dem Schneeglöckchensträußchen am Revers durch die Straßen der Stadt. Die Mädchen mit ihren neuen Kleidern beachteten wir überhaupt nicht. Höchstens heimlich. Für deren dummes Kichern waren wir zu erwachsen. Morgen werden wir konfirmiert.

In allen Familien, war trotz der kriegsbedingten Knappheit Kuchen gebacken worden. Zu dritt oder zu viert fraßen wir uns von einer Kaffeetafel zur anderen. In allen Häusern saßen die Onkels und Tanten am Kaffeetisch. Meine Verwandtschaft wohnte nicht in der Stadt, aber die Freunde meiner Eltern waren alle da. Für mich gab es kleine Geschenke, wirklich kleine, und ab und zu mal fünf Mark. Das war ein Vermögen für mich. Mein Vater hatte schon im letzten Herbst Obstwein angesetzt, und ich durfte auch ein kleines Glas trinken. Ich hatte zwar vom Vortag noch die Nase voll, aber ich trank es tapfer und nickte meinem Vater anerkennend und kennerhaft zu, um ihn zu erfreuen. Richtig geschmeckt hat es mir weder gestern noch heute. Zum Abendbrot waren wir wieder alleine.

Es mag halb sieben gewesen sein, also achtzehn Uhr dreißig, als es Voralarm gab. Das waren drei langanhaltenden Sirenentöne, die nacheinander auf-und ab schwellten. Das bedeutete, dass Bomber im Anflug waren, die Zielrichtung aber noch nicht erkennbar ist. Die Leute sollten jetzt den Keller aufsuchen. Da wir aber das gewohnt waren, aßen wir in Ruhe unseren Kartoffelsalat mit der heißen Fleischwurst auf. Erst dann machten wir uns auf den Weg in den Keller. Meine Mutter schleppte seit einiger Zeit nichts mehr mit runter, weil sie die wichtigen Sachen und die Papiere dort deponiert hatte. Diesmal gab es jedoch eine Besonderheit. Seit einigen Tagen wohnte meine Schwägerin, die Frau meines Bruders bei meinen Eltern. Sie hatte vierzehn Tage vorher ein Kind bekommen. Peter, ein hübsches Baby in das wir alle vernarrt waren. Es wurde aus dem Bettchen genommen und gut verpackt mit in den Keller getragen. Die junge Mutter wollte zwar bis zum Hauptalarm warten, falls es den überhaupt geben würde, aber mein Vater nahm das Kind einfach auf den Arm ohne zu diskutieren. Es war auch gut so. Kaum waren wir auf der Treppe begannen die Sirenen ihr nervtötendes Geheul. Hauptalarm ! Sie schwangen lange Minuten unaufhörlich auf und ab. Und dann krachte es auch schon.

Es war nicht der erste Angriff, den ich miterlebte, und jedes mal hatte ich schreckliche Angst. Aber was an diesem Abend geschah kann ich kaum beschreiben. Es zischte, heulte, krachte und barst um uns herum. Das Licht ging aus und flackerte wieder auf. Die Flak ballerte dazwischen. Von anderen Angriffen wusste ich, wie das aussah, wenn die Flak mit bellenden Krachern neben die hellen, silbernen Pünktchen im Licht der Scheinwerfer lächerlich kleine Wölkchen setzte. All das konnten wir aber an diesem Abend nicht sehen. Wir hockten zusammengeduckt in den Ecken unseres Kellers. Und zitterten vor Angst. Nicht nur wir Kinder. Und dann hörten wir es pfeifen. Ein Schlag ließ den Kellerboden vibrieren Es wurde stockdunkel, Staub rieselte auf uns herab, und dann brach die Kellerdecke wie in Zeitlupe teilweise auf uns herunter. Zwischen den Zähnen knirschte der Staub und es war plötzlich mucksmäuschenstill. Es schien, als habe die allerletzte Bombe unser Haus getroffen. Keiner sprach, keiner schrie, keiner jammerte. Es ist nicht möglich für dieses Inferno die richtigen Worte zu finden. Für den der es nicht erlebt hat bleiben es nichts als Worte. Die, welche es durchgemacht haben, werden es nicht vergessen, und wenn sie hundert Jahre alt würden.

Es dauerte lange bevor zaghaft eine Taschenlampe aufleuchtete. Sie kämpfte vergeblich gegen den Staub an, der in der Luft hing. Das kleine Bettchen, in dem mein kleiner, knapp zwei Wochen alter Neffe lag, war über und über mit Steinbrocken aus der Decke besät. Mein Vater und meine Schwägerin stürzten auf ihn zu und räumten mit den Händen den Schutt von dem kleinen Körper. Was keiner für möglich gehalten hätte: Er war anscheinend unverletzt. Seine Augen standen weit offen und mit einem hörbaren Rasseln atmete er den Dreck ein.

Alle im Keller hatten leichte oder schwerere Verletzungen, die von unserer, immer so vornehm tuenden Nachbarin sorgfältig und umsichtig behandelt wurden, ohne dass sie auf ihre gepflegten Kleider achtete, die überall mit Blut besudelt waren.

Ich hatte noch nicht erwähnt, dass ein Anbau unseres Hauses, eine Art flaches Hinterhaus, notdürftig zu einer Behelfswohnung ausgebaut war. Dort wohnte seit einiger Zeit ein merkwürdiges Ehepaar. Außer dem Hauswirt wahrscheinlich, kannte keiner ihre Namen. Es seien Flüchtlinge aus Weißrussland, sagte er. Mehr wisse er auch nicht. Sie seien eingewiesen worden vom Wohnungsamt. Die Frau war eine Walküre mit mächtigem Busen, der Mann eher ein Männchen, klein, schmächtig, grau, krumm. Ich habe ihn nie ein Wort reden hören. Sie kam immer mit einer Menge Kästchen, Koffern und Kistchen, die der Mann in den Keller schleppte. Wenn alles verstaut war, schickte sie ihn in einer fremdem Sprache wieder hinaus. Wenn einer von uns zu einer ruhigen Zeit mal hinauf zur Straße ging um Luft zu schöpfen, stand er neben der Kellertreppe an die Wand gelehnt. Auf Fragen zuckte er die Schultern und lächelte schüchtern. Auch in dieser Nacht stand er vor der, von innen verschließbaren, eisernen Kellertür. Als, lange nach dem schrecklichen Einschlag, die Männer mit viel Mühe die klemmende Kellertür öffneten, sahen sie, dass das steinerne Treppenhaus vollständig herunter gebrochen war. Balken und Steinbrocken lagen wirr durcheinander und versperrten den Aufgang.

In der Ecke stand der kleine Mann, eingeklemmt, mit offenen erschrockenen Augen. Er war tot.

Die Walküre schaute nicht einmal nach ihm. Im Schein der trüben Taschenlampe suchte sie ihre Kisten und Köfferchen zusammen, die sie unentwegt zählte. Es war ein Wunder, dass sie von den wütenden Hausbewohnern keine Prügel bezog.

Jetzt begann ein Streit zwischen den Männern des Hauses und meinem Vater. Es war damals Vorschrift, dass in jedem Haus ein Durchgang zu schaffen war zum Nachbarhaus. Dieser wurde dann wieder leicht mit Ziegeln vermauert. So auch bei uns. Daneben hing der vorgeschriebene Vorschlaghammer mit Schaufel und Feuerpatsche. In unserem Keller sammelte sich von irgendeiner geplatzten Leitung Wasser. Gott sei Dank hörte es aber nach einer Weile auf zu steigen. Unser Nachbar, ein kräftiger Mann, fasste den Hammer, um den Durchbruch einzuschlagen. Mein Vater, ein noch kräftigerer Mann, hielt ihn eisern am Handgelenk fest. Er meinte, der Nachbar solle noch warten. Zu retten sei ohnehin nichts mehr und war haben keine Eile. Was würde geschehen, wenn das Nachbarhaus auch verschüttet sei, es dort aber brenne ? Man könne doch abwarten. Die Mehrheit der Hausbewohner war der gleichen Meinung,, und der Nachbar setzte sich mürrisch in die Ecke. Nachdem wir einige Stunden gewartet hatten, und immer wieder die Mauer befühlten, ob sie heiß werde, entschlossen sich alle, den Durchbruch doch einzuschlagen. In der Zwischenzeit hatten wir immer wieder Klopfzeichen gehört, die anscheinend aus dem Nachbarhaus kamen. Es zeigte sich dann, dass es nebenan genau so aussah wie bei uns, und dass sie die gleichen Befürchtungen wegen des Feuers gehabt hatten wie wir.

Zirka vierzehn Stunden dauerte es, bis man uns da rausholte. Wir hatten alle von innen versucht, den Schutt wegzuräumen, und Leute des Technischen Hilfswerks hatten das Gleiche von außen getan. Durch ein kleines Loch wurden wir nach draußen gezogen. Als ein älterer Mann aus dem Nachbarhaus durchkroch, lösten sich ein Balken aus den Trümmern, der ihm ein Bein zerschmetterte. Wir erfuhren erst später, dass es amputiert werden musste.

Jetzt wo wir befreit waren und über der Stadt eine trübe Sonne stand, sahen wir das ganze Ausmaß des Schadens. Eine Bombe war offensichtlich schräg ins Haus eingeschlagen, hatte den oberen Teil abrasiert und schien im Nachbarhaus erst explodiert zu sein. Das Erdgeschoss unseres Hauses, wo sich der Elektroladen befand, stand noch, war jedoch total verwüstet. Auch im ersten Stock waren noch einige Zimmer zu erkennen. Im zweiten Stock standen nur noch zwei Wände meines Zimmers. Die Nachbarwohnung gab es nicht mehr. In den Resten meines Zimmers standen in einer Ecke die Singer-Nähmaschine meiner Mutter und mein Klavier, das vollkommen verdreckt war. Der Deckel war abgesprengt. Alles andere war zerfetzt

Meine Mutter saß weinend auf den Steinen des gegenüberliegenden Hauses. Fast alle Häuser in der Straße waren zerstört. Viele brannten, und wie immer bei solch einem Angriff, hatten die Feuer einen stürmischen Wind entfacht. Mein Vater war mit der Schwägerin und dem Baby losgezogen, um Milch und Windeln zu organisieren. Bei schweren Angriffen wurde immer in Windeseile ein so genannter Hilfszug bereitgestellt. Das waren riesige LKW, welche mit herunterklappbaren Seitenwänden wie Läden aussahen und die Versorgung der Obdachlosen übernahmen. Das klappte immer in ordentlicher, deutscher Weise. Da gab es auf einmal Sachen, die man seit Ewigkeiten nicht mehr gesehen hatte. Bohnenkaffe wurde ausgeschenkt, richtige Lederschuhe angepasst. Brot und Butter gab es, manchmal sogar Schokolade. Man konnte Feldpostbriefe schreiben und aufgeben. Keiner sollte Grund haben zu meckern. Alles war organisiert.

Als mein Vater zurückkam, meine Schwägerin und das Baby hatte er vorläufig in der Obhut des Roten Kreuzes gelassen, kam ihm die Idee, dass vielleicht noch das eine oder andere zu retten sei. Er kletterte trotz der Angst meiner Mutter hinauf in die bröckelnden Trümmer und holte mich nach, indem ich mir ein Wäscheseil, das er oben gefunden hatte, umband. In einem Korb und in Pappkästen suchten wir zusammen, was noch brauchbar schien. Dann kamen Männer vom Technischen Hilfswerk, die Hilfe anboten. Mit einer Rutsche wurde mein Klavier und die Nähmaschine meiner Mutter heruntergelassen und ich hinterher. Mein Vater wollte partout noch weitersuchen. Er fand auch noch etwas: Einige Flaschen Obstwein, für meine Konfirmation gedacht. Unser Nachbar, der zu ihm hochgestiegen war, konnte weniger vertragen als mein Vater und war schneller besoffen als der. Wir mussten die Männer vom THW, die noch in der Nähe waren, nochmals um Hilfe bitten. Die Rutsche wurde zwar nicht mehr aufgestellt, aber mit einer Art Flaschenzug und in Gurte geschnallt wurden die beiden Saufbrüder herunter gehievt. Mein Vater schlief auf der Stelle zwischen Klavier und Nähmaschine ein, Mutter bekam einen Weinkrampf und ich wusste nicht, wem ich helfen sollte, und wie.

Die Konfirmation war für mich gelaufen. Später habe ich dann aber gehört, dass einige meiner Freunde unter freiem Himmel konfirmiert wurden. Der Pfarrer hatte sie einzeln gesucht und die, die er fand, mitgenommen.

Meine Eltern berieten sich dann mit mir und meiner Schwägerin, wie es nun weitergehen solle. Vater war in einem Pionierpark der Wehrmacht dienstverpflichtet, wo er als Tischler arbeitete. Er musste also in der Stadt bleiben. Den beiden Frauen schlug ich vor, mit mir nach Alten-Buseck zu fahren. Irgendwo würden sie dort schon eine Bleibe finden. Mein Vater wurde in einer Behelfsbaracke mit mehreren anderen Männern untergebracht. Die Frauen und ich fuhren mit dem Säugling auf abenteuerlichen Umwegen und in überfüllten Zügen in Richtung Gießen. Klavier und Nähmaschine konnte Vater in einer Lagerhalle in Ostheim in Hessen unterbringen. Bei Kriegsende wurden sie allerdings von Plünderern geklaut.

Wir wurden von den Bauern mit sehr viel Anteilnahme und sehr freundlich aufgenommen und die beiden Frauen bekamen tatsächlich zwei Zimmer in verschiedenen Häusern in der Nähe meiner Unterkunft.

Unserem Baby ging es allerdings jeden Tag schlechter. Seine Bronchien waren total verstopft, und er bekam kaum noch Luft. Der Doktor, ein alter Arzt aus dem Nachbardorf, gab sich alle Mühe und er kam jeden Tag herüber geradelt, aber er konnte dem Kleinen auch nicht mehr helfen. Eine Woche später ist er elendiglich erstickt und wir haben ihn auf dem Dorffriedhof beerdigt. Der Tischler hatte ihm einen kleinen weißen Sarg geschenkt. Jeder der irgendwie laufen konnte, war bei der Beerdigung dabei und alle Frauen weinten.

Ein paar später Monate gingen meine Mutter und ihre Schwiegertochter wieder zurück nach Offenbach. Vater hatte zwei Zimmer mit Küche in einer 6-Zimmer- Etagenwohnung bekommen. In den anderen Zimmern lebte eine Familie mit einer erwachsenen Tochter und eine Oma. Der

Mann war vom Kriegsdienst freigestellt. Nur zufällig erfuhren wir, dass er als SS-Mann, Fahrer bei einem Ortsgruppenleiter oder so was ähnlichem war. Die Leute waren natürlich nicht so glücklich, dass sie ihre Wohnung teilen mussten, aber wie mir meine Mutter schrieb, und wie ich bei gelegentlichen Besuchen sah, versuchten die Frauen halbwegs miteinander auszukommen. Nur die alte Oma konnte nicht verstehen und wunderte sich immer wieder, was die fremden Leute in ihrer Stube zu suchen hatten. Es war für mich ganz lustig, aber heute weiß ich, dass sie an Alzheimer erkrankt war, und ich schäme mich ein bisschen, dass ich das so lustig fand. Sie starb noch vor Kriegsende.

Ich hatte auf dem Dorf das große Los gezogen. Es gab gut und genügend zu essen. Ich hatte mein eigenes Zimmer und ging täglich in die Schule zu meinem alten Lehrer A.E., der mit uns nach Alten-Buseck gekommen war.

Er hatte uns einen guten Tipp gegeben, den einige auch gerne annahmen. Um dem Drill der örtlichen Hitler-Jugend zu entgehen, hatte er uns geraten, uns in Gießen zu melden. Dort suchte man ordentliche und zuverlässige Jungs für die Reiter-HJ. Da gingen wir dann einmal in der Woche hin. Ein alter Rittmeister organisierte den Verein. In Gießen waren Rassepferde der Frankfurter Rennbahn wegen der Bombenangriffe untergestellt, die wir nun betreuten und die wir bewegen mussten. Unser Rittmeister war ein alter Hagestolz, der uns beibrachte, richtig auf den Pferden zu sitzen.

Wir mussten aber immer lachen, wenn die Pferde beim Trab ziemlich laut ihre Blähungen entließen. Da wurde der Mann fuchsteufelswild. Wir mussten dann von den Pferden runter und die Gangarten zu Fuß üben. Dann kommandierte er: Schritt ! Galopp ! Trab ! Und jetzt furzen ! Einige konnten das wirklich auf Befehl.

Plötzlich war dann das geruhsame Dorfleben vorbei. Eines Tages hing ein großes Plakat am Bürgermeisteramt. Der Jahrgang dreißig wurde aufgerufen, die Heimat zu verteidigen. Ich weiß nicht mehr genau, wann das war. Jedenfalls vor meinem Geburtstag. Ich sollte im Februar fünfzehn werden. Noch vor Weihnachten mussten wir uns in der Gießener Kaserne melden. Es war, glaube ich, die gleiche Kaserne, die dann später zum Aufnahmelager für die DDR-Flüchtlinge wurde.

Von meiner Klasse betraf das zehn oder zwölf Jungen. Einige waren schon fünfzehn, andere wurden es demnächst. Unser Lehrer hatte uns alle zum Streuselkuchen eingeladen. Ich weiß nicht, woher er die Zutaten hatte, denn er war der einzige, der in einer eigenen Wohnung lebte und nicht in einem Bauernhaus. Es gab Obstsaft und eine selbstgemachte Limonade. An diesem Tag waren wir sehr leise und nachdenklich. Zum ersten Mal hat unser A.E. von sich selbst gesprochen. Er war im ersten Weltkrieg auch Soldat und kam in englische Gefangenschaft, und er ließ uns spüren, dass er den Krieg hasste. Später war er Lehrer in England, Frankreich und Italien. Er sprach die drei Sprachen perfekt. Und dann kam heraus, dass er viel mehr von uns wusste, als wir glaubten.

Wir waren ja in dem Alter, wo man schon mal einem Mädchen hinterherschaut und, Händchen haltend, heimlich im Wald spazieren geht. Mehr war damals wirklich nicht, und wenn das heute ein fünfzehnjähriger liest, wird er wohl über uns lächeln. Nehme ich einfach mal an.

Jedenfalls sagte A.E., als sei das selbstverständlich, wir würden gemeinsam zur Bahnstation gehen, wo wir abfahren müssten, um in die Kaserne zu kommen. „Und", sagte er, „bringt eure Mädels ruhig mit."

Natürlich waren wir sehr verlegen, hatten wir doch höllisch aufgepasst, dass uns keiner mit den Mädchen sieht. Man wird es heute nicht mehr verstehen, wie mutig es von ihm war, und wie einfühlsam, uns das zu erlauben. Zu dieser Zeit waren ja gemischte Schulklassen schon unmoralisch.

Uns war sehr feierlich zumute, als wir uns dann am nächsten Tag, gegen Abend schon in der Dämmerung, auf den Weg machten zu dem drei Kilometer entfernten Bahnhof Rödgen. Wir gingen in kleinen Grüppchen. Meine erste Liebe war die Tochter des früheren Bürgermeisters. Sie wurde ortsüblich Burgemeesters Anni genannt. Ich war schon ein paar mal mit ihr spazieren gegangen.

Herr Röhrle sagte dann sehr behutsam: „Küsst eure Jungs ruhig zum Abschied. Sie werden sehr lange daran zurückdenken." Dann zog er sich diskret zurück. So bekam ich meinen ersten Kuss von einem zierlichen, wunderschönen Mädchen, und ich habe es nie vergessen. (Nach dem Krieg haben wir uns ein paar Mal geschrieben, bis sie mir mitteilte, sie habe einen neuen Freund. Ich glaube ich hatte Selbstmordgedanken.)

Es war schon gegen Mitternacht, als wir in der Kaserne ankamen, und wir wurden sofort angebrüllt, weil wir so spät kamen. Dass auf unserer Einberufung stand, wir müssten bis vierundzwanzig Uhr eintreffen, galt plötzlich nicht mehr.

Noch in der gleichen Nacht gab es Fliegeralarm, und wir mussten fast zwei Stunden in der eiskalten Nacht in einem Splittergraben sitzen. Schon am nächsten Tag wurden wir behelfsmäßig eingekleidet. Nichts passte. Alles war zu groß. Meine schweren Stiefel, Knobelbecher nannte man sie, musste ich an den Zehen mit Zeitungspapier ausstopfen, sonst wären sie mir von den Füßen gefallen. Zwei oder drei Tage später wurden wir mit LKW`s zum Bahnhof gefahren. Keiner konnte uns sagen wann wir abfahren würden, und keiner wusste wohin. Wir saßen vom frühen Morgen bis zum späten Abend auf den kalten Steinfließen der Bahnhofshalle, bis es dann irgendwann hieß, ein Zug stünde für uns bereit. Ich habe meinen Tornister in eine Ecke geknallt und mich dann hoch in ein Gepäcknetz gelegt. Ich war so müde, dass ich anscheinend in Sekunden eingeschlafen war, ohne zu merken wie die Querstangen in meine Rippen drückten. Wach wurde ich von irgendwelchen krachenden Geräuschen und meine Schulkameraden erzählten, dass es einen Bombenangriff gegeben hätte. In die Gleise rund um den Zug seien Bomben eingeschlagen, und der Zug habe es gerade noch geschafft, herauszufahren. Ich hatte es verschlafen.

Wenn ich mich recht erinnere war es am Nikolaustag 1944.

Es ging das Gerücht um, wir führen nach Bensheim an der Bergstraße. Das stimmte auch. Allerdings kamen wir dort nicht mit dem Zug an, sondern zu Fuß. Irgendwo unterwegs waren die Schienen zerstört und der Zug konnte nicht weiterfahren. Wir mussten alle aussteigen und marschieren. Ich weiß nicht mehr, wie viele Kilometer es waren, es war jedenfalls weit genug dass meine Füße nur noch rohes Fleisch waren und jeder Schritt weh tat.

In Bensheim sollten wir nur eine kurze Ausbildung erhalten und dann eingesetzt werden. Ich habe keine Ahnung wie es den anderen ging, aber ich hatte große Angst davor. Ich war aber der einzige, der es zugab.

Die kurze Zeit, die wir in Bensheim verbrachten, war angefüllt mit Drill und Schikanen. Eines Tages stürzte ein Unteroffizier in unser Quartier und schrie: „Alles antreten ! Wir rücken aus. Amerikanische Panzer stehen fünfundzwanzig Kilometer vor der Stadt."

Wir wurden in die Küche geführt und man hieß uns, soviel Proviant mitzunehmen, wie wir tragen könnten. Außerdem gab man uns, wir waren vielleicht vierzig Mann, vier Panzerfäuste. Ich hielt mich an einen meiner Klassenkameraden. Er schulterte eine 10-Kilo Kiste Butter. Mir drückte er zwei Eimer in die Hand. Einer gefüllt mit Marmelade, der andere mit Kunsthonig. Dann marschierten wir ab. Meine Kumpel schimpfte ziemlich schnell über die Butterkiste, die ihm auf die Schultern drückte. Aber hat schon mal einer zwei Eimer von zehn Kilo an zwei dünnen Drahthenkeln kilometerweit getragen ?

Während einer Rast gingen wir beide in einen Bauernhof und haben unsere Lasten gegen zwei Teller mit Bratkartoffeln, Eier und Speck eingetauscht. Ich weiß nicht, was man mit uns gemacht hätte, wenn das von jemandem bemerkt worden wäre. Doch es war alles heillos durcheinander geraten, und unsere Truppe zog sich immer weiter auseinander. Dem Feldwebel und dem Unteroffizier passte das nicht. Sie ließen sammeln und sagten uns, dass wir einzeln versuchen sollten durchzukommen, mit Fahrrädern, angehaltenen Militärfahrzeugen oder sonst wie. Jedenfalls hätten wir uns innerhalb von zwei Tagen in Michelstadt im Odenwald einzufinden. „Wer nicht ankommt, wird streng bestraft!"

Wir müssen damals noch ziemlich dämlich gewesen sein, denn wir kamen an. Auf irgend einem kleinen Bahnhof hatten wir eine Elektrokarre entdeckt und sind dann mit ein paar anderen damit losgefahren. Es dauerte aber nicht allzu lange bis die Batterie am Ende war. Mein Freund und ich hatten aber Glück, und ein Kübelwagen der Wehrmacht hat uns ein ganzes Stück mitgenommen.

In Michelstadt fanden wir die anderen wieder, aber nicht ohne Mühe, denn hier waren vielleicht fünfhundert Soldaten aller Altersklassen versammelt. Unsere beiden Führer haben wir nie wieder gesehen. Es waren die einzigen aus unserer kleinen Truppe, die nicht angekommen waren.

Jetzt ging hier alles drunter und drüber. Verpflegung gab es nur sporadisch in langen Abständen. Schlafen mussten wir bei der Kälte auf dem blanken Waldboden. Die meisten hatten nicht mal eine Decke. Immer wieder mal mussten wir in ein anderes Dorf marschieren, das in der Nähe lag, aber immer wieder zurück nach Michelstadt. Warum, konnte uns kein Mensch sagen.

Langsam bekam ich das alles satt, und da sich sowieso keiner um den anderen kümmerte, beschlossen wir einfach abzuhauen. Es war eigentlich ganz leicht. Wir taten als zögen wir uns zum Schlafen oder zum Pinkeln in den Wald zurück und sind dann einfach losgerannt, als wir außer Sicht waren. Später allerdings haben wir ein paar Leute getroffen, die ebenfalls dort abgehauen waren. Die erzählten uns, dass man zwei, die man erwischt hatte, aufgehängt habe. Da haben mir nachträglich noch die Knie gezittert kann ich euch sagen.

Wir sahen ja noch wie Kinder aus, und wir hatten uns unterwegs ein paar Klamotten geklaut, die wir in einer Scheune fanden. Vorsichtshalber dachten wir uns die Geschichte aus von zwei evakuierten Schulkindern, die zu ihren Eltern zurückwollten, und irgendwie stimmte das ja auch. So konnten wir ohne große Gefahr bei den Bauern unterwegs um Essen betteln. Oft hat es auch

18

geklappt, aber manchmal haben sie uns vom Hof gejagt, sogar einmal mit einem Hund.

Wir wussten ja nicht genau wo es lang ging nach Hause, aber wir haben uns immer in Richtung Frankfurt durchgefragt. Manchmal auch auf Umwegen, denn Wegweiser standen kaum noch. Irgendwo haben wir dann auf einem Hof im Radio gehört, Offenbach sei von den Amerikanern eingenommen worden. Also haben wir uns auf den Weg nach Gießen gemacht.

In Würzburg kamen wir an den großen Verschiebebahnhof. Es gab wieder mal Fliegeralarm, und wir gingen in den Keller eines Wohnhauses, das neben einer Kirche stand. Nach uns kamen noch zwei junge Soldaten, die aus einem LKW ausstiegen, den sie vor dem Haus abstellten. Wir fragten sie, ob sie uns mitnehmen würden und bekamen eine Zusage. Plötzlich begannen Bomben zu fallen. Die beiden Landser sausten sie Kellertreppe hoch. „Wir hauen hier ab, das wird uns zu gefährlich", riefen sie, und wir rannten hinterher. Wir wollten beide hinten auf den Wagen steigen, aber einer der Soldaten schüttelte den Kopf. „Einer von euch beiden geht auf den Kotflügel, der andere steigt hinten auf. Und schön aufpassen auf Tiefflieger !" Auf der Ladefläche hatte ich eine Menge Benzinkanister gesehen, und mir war gar nicht wohl in meiner Haut. Ich musste mich auf einen Kotflügel setzen und mich an der Lampe festhalten, die damals noch auf den Kotflügeln angebracht waren. Mein Freund, der hinten im Wagen stand, hat noch gesehen, wie der Kirchturm getroffen wurde und Teile auf das Haus fielen, in dem wir gerade gewesen waren.

Wir fuhren in Richtung Hammelburg, wo die beiden Soldaten hinwollten. Plötzlich klopfte mein Freund von hinten an die Fahrerkabine. Er hatte zwei Flugzeuge gesehen, die tief von hinten auf uns zukamen. Der Fahrer bremste so scharf, dass ich mich nicht mehr halten konnte und auf die Straße flog. Die drei rannten so schnell sie konnten über das Feld und ich hinterher. Ich wusste ja überhaupt nicht was los war.

Hinter einer Hecke warfen wir uns auf den Boden, und da krachte es auch schon. Unser LKW samt seiner Ladung flog mit einem gewaltigen Krach in die Luft und brannte lichterloh. Am Abend hörten wir dann, dass der Würzburger Güterbahnhof Ziel eines Luftangriffes geworden sei und fast vollkommenen zerstört wurde.

Irgendwann kamen wir in Alten-Buseck an. Es war früh am Morgen und noch dunkel. Ich war so kaputt, dass ich mich, so wie ich war, schlafen legte. Ich habe bis früh in den Abend gepennt. Meine Leute hatten sich anscheinend wirklich gefreut, als sie mich gesund wieder sahen. Vor allen Dingen mein Lehrer nahm mich in die Arme und drückte mich so sehr, dass ich dachte mir brechen die Rippen.

Es war aber immer noch gefährlich, sich sehen zu lassen, denn das ganze Dorf war voller Soldaten und SS, und einige der immer noch linientreuen, fanatischen Bauern, die ja wussten, dass ich eingezogen worden war, konnten mich verraten. Trotzdem ging ich auf die Straße, ein bisschen in einem Hofeingang versteckt, als am frühen Nachmittag, in der Dämmerung, eine endlose Reihe verdreckter deutscher Panzer durch die Dorfstraße rollten. Dann kam eine Reihe marschierender Soldaten, und dann nichts mehr. Kurz darauf rollten wieder Panzer. Plötzlich hielten sie an. Ein Einstieg öffnete sich, ein Kopf und dann der ganze Mann schob sich heraus. Es war ein US-Soldat, kohlrabenschwarz. Die Gaffer zogen sich erschreckt zurück. Ich blieb jedoch wie angewurzelt stehen und glotzte den Mann an. Er deutete mit dem Finger auf mich und winkte mir zu, herüberzukommen. Natürlich hatte ich die Hosen voll, aber was blieb mir anderes übrig.

Der Schwarze setzte sich auf den Rand der Einstiegsluke und fletschte die Zähne. Damals wusste ich noch nicht, dass das keine Drohgebärde war, sondern ein freundliches Lächeln. „Hey boy", sagte er und in kaum verständlichem deutsch : „Hier Hitlersoldat ? Bum, bum ?" Er legte ein imaginäres Gewehr an und tat als schieße er auf mich. Ich brachte kein Wort heraus, sondern schüttelte nur wie verrückt den Kopf. Inzwischen waren eine ganze Menge anderer Soldaten aus den Panzern gekrochen und aus komischen Autos, die wie zusammengeflickt aussahen. Statt eines Daches hatten sie eine Art Zeltplane und die Fenster und Türen waren aus Zelluloid oder so etwas. Es waren die ersten Jeeps, die ich sah.

Da ich der einzige war, den sie greifen konnten, umringten sie mich und sprachen auf mich ein, und ich verstand sogar einige Brocken, obwohl das ein ganz anderes englisch war, als es mein Lehrer mir beigebracht hatte. Sie wollten immer wieder wissen, ob hier noch deutsche Soldaten seien. „And what about Nazis ?" Natürlich kannte ich den Ortsbauernführer, der einer von den ganz scharfen war und unseren Fähnleinführer, aber vorsichtshalber schüttelte ich den Kopf und zuckte mit den Schultern.

Da kam einer mit einem ganz bösen Blick auf mich zu und nestelte an seiner Tasche herum., die er am Gürtel trug. Jetzt rutschte mir das Herz in die Hosen. Sicher würde er mich erschießen. Aber er brachte ein Kästchen heraus, in steifem, gewachsten Karton verpackt, und hielt es mir hin. Unsicher griff ich danach und der Soldat machte die Bewegung des Essens. Ich schaute auf das

Päckchen. „Breakfast", stand in dicken, braunen Lettern darauf. Das verstand ich und war erleichtert. Ich musste es aufreißen, was ziemlich mühsam war, und fand eine kleine Tafel „Cadburry Chokolate", ein paar kleine Döschen mit den Aufschriften „Butter, Jam, Pork Meat", eine kleine Schachtel mit fünf „Camel" Zigaretten, sowie ein Päckchen „Chewing Gum", aber damit konnte ich nichts anfangen. Später habe ich es dann probiert und es schmeckte eigentlich sehr gut. Noch viel später allerdings erfuhr ich, dass man das Zeug ausspuckte und nicht schluckte, wenn der Geschmack zu Ende war. Ein anderer Soldat hielt mir eine Zigarette hin und knipste sein Feuerzeug an. Natürlich hatte ich schon mal probiert zu rauchen, aber hatte nie Gefallen daran gefunden. Jetzt zog ich an der Zigarette, weil ich Angst hatte, man könnte es mir übel nehmen, wenn ich ablehnte. Die Soldaten wollten sich fast krank lachen, als ich einen Hustenanfall bekam und fast erstickt wäre.

Das war meine erste Lektion: „1 .Amerikanische Zigaretten sind viel stärker als unsere ECKSTEIN. 2 .Amerikaner sind manchmal schwarz aber meistens freundlich. 3. Amerikanische Soldaten sind nicht so dreckig wie deutsche, sondern sehen sogar im Krieg aus, wie aus dem Ei gepellt."

Da sich in unserem Nachbardorf Großen-Buseck deutsche Soldaten und SS-Leute verschanzt hatten, schoss die halbe Nacht ein amerikanisches Geschütz, das in unserem Hof vor meinem Fenster stand, hinüber. Es soll dort noch eine Menge Tote gegeben haben.

Am nächsten Tag habe ich dann meine zweite Lektion gelernt. „Es gibt auch Amerikaner die ziemlich unfreundlich sind." Und das kam so:

Ich ging ins Dorf und überall standen Panzer und Jeeps. Die Soldaten hatten Radios auf ihren Wagen stehen und spielten laute Musik, die fremd in unseren Ohren klang. Ich hätte gerne gewusst, woher sie den Strom für ihre Radios hatten. Kofferradios kannte ich damals noch nicht. Mit kleinen Kochern brieten sie Eier auf den Kühlern ihrer Jeeps. Sie hampelten herum wie Kinder und benahmen sich als seien sie zu Hause. Für Zigaretten und Schokolade tauschten sie Eier und Speck bei den Bauern ein.

Plötzlich kamen zwei Soldaten auf mich zu, in weißen Helmen, weißen Gürteln und weißen Gamaschen. In weißen Ledertaschen trugen sie Pistolen an der Hüfte und hatten weiße Schlagstöcke in der Hand. Einer kam böse auf mich zu, fasste mich an den Schultern und drückte mich an eine Hauswand. „Du Nazi", schrie er mich an und verpasste mir eine gewaltige Ohrfeige. Erst viel später habe ich mitbekommen, dass das zwei von der Miltärpolizei waren. Ich schüttelte verzweifelt den Kopf, aber der Soldat hatte seine Pistole gezogen und fuchtelte mir damit vor dem Gesicht herum Unser

21

A.E. Kam zufällig vorbei und klärte mit seinen guten Englischkenntnissen die Angelegenheit auf. Ich hatte gewohnheitsmäßig meine Mütze aufgesetzt. Dass vorne in der Mitte noch das HJ-Abzeichen steckte, ein Rhombus mit einem Hakenkreuz (!) in der Mitte, hatte ich vollkommen vergessen.

A.E. diskutierte lange mit einem der beiden Soldaten und er traute sich sogar, ihn anzuschreien, während der andere mich weiter mit festem Griff an die Hauswand drückte, immer mit der Pistole vor meinem Gesicht. Schließlich durfte ich gehen, nachdem sie mir das HJ-Abzeichen von der Mütze gerissen hatten. Der eine, mit dem A.E. geredet hatte, drückte mir sogar eine große Tafel Schocklade, eine Schachtel Zigaretten und wieder so ein Päckchen in Wachskarton in die Hand. Diesmal stand „Dinner" drauf. Mein Lehrer legte den Arm um mich und brachte mich zu sich nach Hause. Allerdings weiß ich bis heute nicht, ob es nur die Fürsorge für mich war oder die Gier nach den Zigaretten, die er mir abnahm. Das Fresspaket haben wir gemeinsam verdrückt.

Das alles hatte für mich aber noch andere Folgen. Die Bauern des kleinen hessischen Dorfes waren misstrauische Leute. Da sprach doch so ein Rotzjunge wie ich einfach mit den „feindlichen Soldaten.", von denen auch noch offensichtlich viele „nicht-arisch" waren. Und er bekam dafür auch noch Sachen geschenkt, und er hat sogar auf der Straße geraucht. (In dem Alter !) Dabei hatten sie vergessen, dass sie mich noch vor ein paar Wochen in den Krieg geschickt hatten. Die Bauern mussten für die Sachen, die ich geschenkt bekam, Eier und Speck oder selbstgemachten Wein herausrücken. Viele mieden mich deshalb. Auch die Dorfschönen, die mit den Amis herum flirteten und sich auch mal küssen ließen, wurden von den Bauern geächtet. Burgemeesters Anni aber, ging weiter nur mit mir (!) spazieren. Küssen konnten wir inzwischen auch.

Ein paar Wochen später war der Krieg zu Ende. Wir hatten ihn Gott sei Dank verloren. Ich dachte lange darüber nach, warum die Bauern so stur waren. Die Soldaten taten doch keinem weh, der nichts getan hatte. Mir kam dann die gute Idee, dies zu meinem Vorteil zu nutzen.

Die Amerikaner waren inzwischen bei dem Dorf Rödgen auf einem ehemaligen Wehrmachtsflughafen stationiert. Das war an dem Bahnhof, wo uns damals unser Lehrer in den Krieg verabschiedet hatte. Dort hatten sie ein großes Lebensmittellager eingerichtet. Deutsche Kriegsgefangene mussten riesige Berge von Kartons stapeln und LKW-Sendungen an die verschiedenen Truppenteile verschicken. Die Amis machten keinen Finger krumm, sondern standen als gelangweilte Aufseher herum. Ihre Gewehre hatten sie derweil sorglos an einen Stapel gelehnt. Es war nun schwerer für sie, vom Lager wegzukommen um frische Eier und Wein zu organisieren. Das wollte ich jetzt übernehmen.

Ich ging dann zu den Bauern und ließ mir die heißbegehrten Sachen sozusagen in Kommission geben und versprach ihnen dafür Zigaretten und Schokolade. Ihre Gier war größer als das Vorurteil gegen mich. Ich sammelte die Sachen in meiner Stube, lieh mir einen Handwagen, verstaute die Lebensmittel darauf und zog den Wagen die drei Kilometer nach Rödgen, wo ich meine Waren „ambulant" eintauschte. Zuerst waren die Busecker mir gegenüber misstrauisch, aber schon bei der zweiten Tour konnte ich sofort in Zigarettenwährung bezahlen. Je nach meinem Verhandlungsgeschick konnte ich bis zu dreihundert Prozent Gewinn machen. Bald hatte ich dann im Kleiderschrank meines Zimmers ein gut sortiertes Lager der gängigen Artikel. Hauptsächlich Zigaretten, Schokolade, Dosenmilch, Milchpulver, aber auch zum Beispiel lederne Schnürstiefel in allen Größen. Ich war mir darüber im Klaren, dass die Amis die Sachen wahrscheinlich aus Armeebeständen klauten, aber damit hatte ich ja nichts zu tun, dachte ich. Im Dorf hatte ich aber inzwischen einen Ruf wie heute ein Gebrauchtwagenhändler oder ein Kreditvermittler.

Nach ein paar Wochen trat ein „Staff-Sergeant" an meinen Stand (das war ungefähr so was wie der „Spieß" in der Wehrmacht) und befahl mir mitzukommen. Mir war nicht geheuer als er mich mit in sein Büro nahm. Dazu hatte ich aber, wie sich herausstellte, keinen Grund. Als erstes verbot er mir natürlich, meinen ambulanten Handel weiterzuführen. Gleich darauf schlug er vor, bei mir sozusagen auf Großhandelsbasis einzusteigen, oder umgekehrt, ich sollte bei ihm einsteigen. Ich musste die Tauschgegenstände der Bauern in meiner Bude sammeln und er kam einmal in der Woche mir seinem Jeep vorbei, um alles einzutauschen. Ich bekam jetzt nicht mehr Stangen von Zigaretten, sondern Kartons. Natürlich wurde meine Handelsspanne dadurch kleiner, aber die Umsätze sehr viel höher. Mein Gewinn stimmte also. Mit der Zeit verlor ich aber dann die Übersicht, und mir war nicht mehr so wohl in meiner Haut, obwohl ich glaubte, nichts Unrechtes zu tun. Ich war aber heilfroh, als der Sergeant bald darauf irgendwohin versetzt wurde. Ich habe ihn nie mehr wiedergesehen.

Von meinen Eltern hatte ich seit Kriegsende nichts mehr gehört. Die Post schien nicht mehr zu funktionieren. Es war uns verboten, sich mehr als drei (oder fünf ?) Kilometer vom Wohnort zu entfernen. Langsam wurde ich jedoch unruhig, und ich habe mich einfach mit einem Schulfreund, Günther Marx hieß er, auf den Weg gemacht. Immerhin waren es achtzig Kilometer bis nach Hause. Autos anhalten war zu gefährlich, denn die, welche mit dem Auto unterwegs waren, hatten sicher eine Genehmigung dazu. Man hätte uns sehr schnell erwischt. Ich tauschte mir ein altes Fahrrad ein und Günther hatte einen Schäferhund. Zuerst sind wir ein paar Kilometer gelaufen, dann setzten wir uns beide auf das Fahrrad und dachten dass der Hund uns ziehen würde. Der hatte jedoch dazu keine Lust. Nun hatten wir eine geniale Idee. Einer setzte sich auf das Rad und fuhr mit Hundeunterstützung etwa einen Kilometer. Dann stellte er das Rad ab und band den Hund daneben an einen Baum. Der zweite lief den Kilometer und fuhr dann mit Hund und Fahrrad, während der erste weiterlief. So kamen wir, entgegen unserer falschen Annahme, auch nicht schneller voran, da wir aber abwechselnd mit dem Fahrrad fuhren, strengte es uns nicht so sehr an. Wir haben zwei Tage gebraucht, sind aber auch stramm marschiert. Nur einmal hatten wir Pech. Zwischen Butzbach und Bad Nauheim nahmen wir eine Abkürzung über einen kleinen Hügel. Statt der Landstraße zu folgen gingen wir einen Feldweg. Wahrscheinlich haben wir ein Warnschild übersehen, denn als wir etwa die Hälfte des Weges hinter uns hatten, krachte es nicht weit von uns mörderlich. Um uns herum flogen irgendwelche Steinbrocken und große Erdklumpen herab. In Richtung des Butzbacher Gefängnisses war irgendetwas gesprengt worden. Da wir nicht wussten ob die Sprengerei weitergeht, sind wir bis Bad Nauheim gerannt wie die Hasen. Dann mussten wir erst mal eine größere Pause einlegen.

Wir hatten einen ganzen Rucksack von meinem Zigaretten- und Schokoladenvorrat mit genommen, sodass wir uns leicht versorgen konnten. Die Zigarettenwährung hatte sich inzwischen einheitlich stabilisiert. Deshalb waren wir nicht auf Tausch angewiesen, sondern konnten verkaufen und kaufen. Natürlich durften wir uns dabei nicht erwischen lassen. Ein Päckchen Zigaretten kostete hundert Reichsmark. Ein Mann verdiente, soweit er überhaupt Arbeit hatte, vielleicht zweihundert Mark im Monat.

Als ich in Offenbach ankam, waren meine Eltern nicht in der Wohnung. Ich wusste aber, wo der Schlüssel immer versteckt war. Auf dem Tisch lag ein Zettel für mich, auf dem mir meine Mutter mitteilte, dass wegen der beabsichtigten Verteidigung der Stadt, alle Bürger aufgefordert worden waren, Offenbach zu verlassen. Später habe ich dann erfahren, dass sie mit zwei vollgepackten Fahrrädern bis nach Gera in Thüringen gefahren waren, oder besser, dass sie die Räder dorthin geschoben hatten. Meine Mutter war in Gera geboren und ein paar Geschwister lebten noch dort.

Auch Günther Marx, der mit mir getrampt war, hatte seine Eltern nicht gefunden. Wir schliefen jetzt beide in der Wohnung meiner Eltern. Erst jetzt kam uns eigentlich richtig zum Bewusstsein, dass der Krieg zu Ende war. Es hatte sich viel für uns verändert. Die schlimmen Luftangriffe hatten wir hinter uns. Alle warteten, dass die Soldaten nach Hause kamen. Statt deutscher Soldaten liefen jetzt die Amis in der Stadt herum. Wir hatten endlich begriffen, was während unserer Jugendzeit geschehen war. Wir wurden nicht in die KZ-Filme der Amerikaner getrieben, wie so viele andere. Wir gingen freiwillig ins Kino und sahen uns mit Schaudern die schrecklichen Filme an. In unserer HJ-Zeit hatte sich das alles anders angehört. Natürlich mussten die Juden und die Volksfeinde eingesperrt werden. Natürlich hatten wir gehört, dass es Lager gab, wo die Juden sich ihr Brot durch Arbeit verdienen mussten. Natürlich hatte uns der Führer vor denen beschützt. Wir hatten das für gut befunden. Jetzt erst begannen wir, uns zu schämen. Jetzt erst senkten wir die Köpfe, wenn wir Amerikanern oder anderen Ausländern auf der Straße begegneten. Wir waren erwachsen geworden. Über Nacht.

Ein paar Tage blieben wir in Offenbach und machten uns dann in der gleichen Weise auf den Rückweg wie wir hergekommen waren. Mit unserem Lehrer hatten wir ein langes Gespräch. Er wollte uns Absolution erteilen, wir seien doch Kinder gewesen. Ich schäme mich heute noch für meine jugendliche Dummheit. Und ich bekomme Angst, wenn ich im Fernsehen, diese dummen Glatzköpfe sehe. Nein, die sind nicht nur dumm. Die wollen die Wahrheit nicht sehen, obwohl sie es besser wissen könnten. Endlich wollen Sie die Rolle der Täter selbst übernehmen.

Ein paar Wochen später bekam ich dann doch einen Brief meiner Eltern. Sie wollten wieder zurück nach Offenbach.

Jetzt ist es mir ein bisschen peinlich, zuzugeben, dass ich meine Freunde und Bekannten immer belogen habe. Wenn sie sich wunderten, dass einer, der im Westen geboren war und dort aufwuchs, nun im Osten lebte. Ich habe immer erzählt, dass ich nach dem Krieg meine Eltern in Gera wiedergefunden habe, und sei deshalb zu ihnen gezogen. Das war eine Lüge und es tut mir leid ! Ich bin erst viel später in die DDR gegangen, aber darüber werde ich an anderer Stelle mehr sagen.

Endlich, 1945 kurz vor Weihnachten, kam ich zurück in meine Heimatstadt. Meine Eltern waren auch erst seit ein paar Tagen hier. Inzwischen konnte man wieder mit dem Zug fahren, wenn man das fahren nennen konnte. Aller Züge waren hoffnungslos mit Hamsterern überladen. Die Leute standen draußen auf den Trittbrettern, die damals noch an jedem Waggon angebracht waren. Sie saßen zwischen den Wagen auf den Puffern, und sogar die Dächer waren voller Menschen. Die ungepflegten Gleisbetten waren in sich zusammengerutscht, und die überalterten Waggons schaukelten oft gefährlich hin und her. So etwas wie einen Fahrplan gab es nicht. Für die achtzig Kilometer war ich über zehn Stunden unterwegs. Das war jedoch kein Rekord. Heute stünde es im Guiness-Buch.

Irgendwann später war ich noch mal in Alten-Buseck. Ich habe mich bei den Leuten bedankt, die mich doch relativ freundlich in ihr Haus aufgenommen haben. Vielleicht haben sie mir damit das Leben gerettet. In Offenbach traf ich Freunde wieder, die in anderen Orten evakuiert waren, und langsam nahm das Leben wieder seinen geordneten Lauf. Oder besser, es war eigentlich zum ersten Mal seit Kriegsbeginn geordnet.

Nun war ich wieder endgültig zu Hause bei meiner Familie. Was aber sollte ich jetzt tun ? Unsere Schule hatten wir kurz vor der mittleren Reife abbrechen müssen. Es war jedoch keine Aussicht, dass der Unterricht in absehbarer Zeit fortgesetzt würde. Gerade mal, dass die Volksschul-Unterstufen wieder eingerichtet wurden. Ich versuchte also eine Lehrstelle zu bekommen. Was ich eigentlich werden wollte, wusste ich aber nicht. Durch einen Zufall erfuhr ich, dass ein bekannter Offenbacher Einzelhändler einen Lehrling suchte. Das war nicht gerade mein Traumberuf, aber ich dachte, es sei besser als nichts. Es war einer der Fehler, die ich in meinem Leben machte. Warum, erzähle ich später.

Ich wurde kaum mit kaufmännischen Arbeiten vertraut gemacht, durfte gerade mal die Korrespondenz abheften und ein paar Hilfsarbeiten erledigen. Abends musste ich solange im Büro bleiben, bis der Chef mit der Abrechnung kam. Wenn das Geld im Tresor war und ich die Summe in das Hauptbuch eingetragen hatte, durfte ich nach Hause gehen. Das war meist ein oder zwei Stunden nach meinem offiziellen Feierabend. Die meiste Zeit des Tages musste ich aber im Verkauf arbeiten. Das Sortiment war ziemlich umfangreich. Das ging von Haushaltartikeln bis zum Glas und Porzellan. Daneben belieferten wir auch Handwerker mit Rohren, Fittings, Kleineisenteilen und Stahlbändern. Das hat mir zwar nicht geschadet, aber eigentlich sollte ich ja Kaufmann werden.

Das war aber noch nicht alles. Wir waren drei Lehrlinge. Zum Beispiel mussten wir regelmäßig die großen Schaufenster putzen, und wenn wir schon mal dabei waren, auch noch die Fenster der großen Etagenwohnung im Haus. Auch das Treppenhaus hatten wir zu putzen, die Milch für die Frau des Chefs holen, und überhaupt einzukaufen. Gelernt habe ich in der Bude also nicht viel. In den drei Jahren meiner Lehre verdiente ich fünfzig, sechzig und im dritten Jahr siebzig Mark brutto im Monat. Ein halbes Pfund Butter kostete auf dem Schwarzmarkt damals 250.- Reichsmark, eine Schachtel Zigaretten immer noch

100.- Nach dem zweiten Jahr meiner Lehre kam die Währungsreform. Vom Angebot her und auch finanziell wurde jetzt alles zusehends besser.

Mein Vater hatte darauf bestanden, dass ich zu Beginn meiner Lehre in die Gewerkschaft eintrete. Ich tat das aber nicht aus Überzeugung, sondern weil er es so wollte. Als ich nach zwei Jahren jedoch von den Hilfsarbeiten die Nase voll hatte, ging ich zu meiner Gewerkschaft. Natürlich hatte ich Schiss, ganz offen gegen meinen Chef zu rebellieren, aber der Gewerkschaftsmensch hatte die Idee, dass ich ihn anrufen solle, wenn ich gerade wieder mal die Treppe scheuern musste. Da kam er dann zufällig vorbei, und mein Chef bekam eine Verwarnung. Das hat ihm jedoch nichts ausgemacht. Die Lehrlinge durften weiterhin seine private Drecksarbeit erledigen. Ich war der einzige, der sich jetzt weigerte. Da ich überhaupt das einzige Gewerkschaftsmitglied im Betrieb war, bekam ich am Tag meiner Kaufmanns-Gehilfen-Prüfung, die Kündigung und ein Zeugnis, aus dem jeder Kundige herauslesen konnte, dass ich meine eigene Meinung hatte. Vielleicht kam auch noch dazu, dass ich dem verzogenen Sohn des Chefs, der arrogant war und in meinem Alter, einmal eine heruntergehauen habe, als der sich als Chef-Junior aufspielen wollte.

Um unser Familienbudget aufzubessern hatte ich gleich zu Beginn meiner Lehre, Anfang sechsundvierzig einen Nebenjob aufgenommen. Durch meine Eltern hatte ich einen älteren Tänzer der Frankfurter Oper kennen gelernt. Er war damals sicher um die fünfzig. Der hatte vier hübschen jungen Mädels ein paar Tanzschritte beigebracht, eigentlich nur ein bisschen Hopserei. Dazu hatte er einen Zauberkünstler aufgetrieben, und er selbst erzählte ein paar anzügliche Witzre in passablem englisch. Wir zogen mit unserer „Bühnenshow" durch die amerikanischen Soldatenclubs. Ich hatte die Recorder, die Mikrofone, Lautsprecher, zwei Scheinwerfer und einen Spot zu bedienen. So waren wir manchmal abends, aber immer an den Wochenenden unterwegs. In ganz Hessen. Geld gab es keines, aber immer ein gutes und reichhaltiges Essen und mal mehr, mal weniger Zigaretten, die gültige Währung. Außerdem versuchten wir immer in die Küche zu kommen, und während die Tanzmädchen die Köche ablenkten, klauten wir alles, was nicht niet-und nagelfest war. Nicht nur in der Küche. Das war die einzige Möglichkeit, halbwegs zu überleben. Einmal haben sie unseren Zauberkünstler erwischt, als er eine Rolle Klingeldraht mauste, die er in irgendeiner Ecke gefunden hatte. Er kam am nächsten Tag sofort vor ein amerikanisches Schnellgericht und wir mussten als Zuschauer dabei sein. Die ganze Verhandlung dauerte vielleicht fünf Minuten. Der Richter überlegte, wie er den Mann bestrafen sollte. Da kam ihm eine glänzende Idee: Er ließ einen Zollstock holen und maß den Draht ab. Pro Meter gab es einen Tag. So kam es, dass unser Freund sechsundachtzig Tage Knast bekam. Vierzig Tage musste er in Butzbach, wo sie mich beinahe mal in die Luft gesprengt hatten, tatsächlich absitzen.

Ich und zwei meiner Freunde, die ich seit meiner Schulzeit kannte, (heute sind beide kanadische Staatsbürger) wurden auch mal eingesperrt. Gleich Ende fünfundvierzig, oder war es Anfang sechsundvierzig, jedenfalls war es im Winter. Es war für Jugendliche unter einundzwanzig Jahren verboten, nach zweiundzwanzig Uhr auf der Straße zu sein. Wir waren aber neugierig auf alles Neue, was jetzt so alles passierte. Und wir interessierten uns für die neuen, alten Parteien, die jetzt wieder überall agierten. So etwas war uns ja total fremd. Wir waren auf einem Diskussionsabend, der aber erst kurz vor zehn zu Ende war. Auf dem Nachhauseweg bremste plötzlich ein Jeep der MP neben uns, man wollte die Kennkarten sehen, wie damals die Ausweise mit den Fingerabdrücken hießen, und, und ehe wir uns versahen, waren wir auf dem Weg in den Knast, den wir bis dahin nur von außen kannten.

Nachdem wir einige Gittertüren passiert hatten, landeten wir im schäbigen Dienstzimmer eines deutschen Polizisten, fett und bequem, der sich genauso verhielt wie man sich das so vorstellte. Als er mein Geburtsdatum aufschrieb verhörte er sich und schrieb 1933 statt 30. Wie er dann mit allen fertig war, raunzte er mich an, dass ich mich, als so junger Rotzer um diese Zeit noch draußen herumtreibe, sei die Höhe. Aufsässig sagte ich, er solle richtig hinhören, wenn er mich was fragt. Da bekam ich eine mächtige Ohrfeige, und als ich sagte, dass ich mich über ihn beschweren würde, noch eine.

Wir wurden in eine Zelle gesperrt, in der etwa dreißig Leute lagen oder saßen. Besoffene, die in die Ecken kotzten, Schieber und Kriminelle. Wir bekamen die letzten drei Betten, und nachdem wir uns eine Weile aufgeregt hatten, legten wir uns schlafen. Nachts wurde ich durch irgendetwas wach. Einer der Besoffenen hatte mein Bett mit dem Scheißkübel verwechselt und pinkelte mich an. Meine Wut war unnütz. Es war zu spät.

Da man uns Freitags Abend eingesperrt hatte und auch schon damals bei Beamten am Wochenende nichts lief, saßen wir bis zum Montag Morgen in der stinkenden Zelle. Gegen zehn wurden wir in einen großen Raum geführt, an dem im Hintergrund die amerikanische Flagge hing Davor saß ein Officer in Uniform. Ein Dolmetscher las uns die kurze Anklage vor, und wir wurden gefragt, ob wir uns schuldig bekennen. Es war ja nicht zu leugnen, dass wir nach der Sperrstunde auf der Straße waren. Der Uniformierte hieb mit einem Holzhammer auf den Tisch vor ihm, Wir bekamen alle drei vierzehn Tage Hausarrest, dessen Einhaltung kontrolliert werden würde, wie man uns sagte. Die ganze Verhandlung dauerte drei Minuten. Wir wurden nie kontrolliert.

Nach meiner Entlassung nach dem Ende der Lehre lief ich eine ganze Zeit nach Arbeit herum. Ein Bekannter riet mir dann, auf das amerikanische Arbeitsamt zu gehen. Es klappte auf Anhieb. Im Frankfurter „Schumann Theater", einem ehemaligen Varieté am Hauptbahnhof, wurde ich Hilfskoch. Dort war ein Offizierskasino eingerichtet. Ich denke mal es hatte zwei-oder dreihundert Sitzplätze. In der Küche mussten wir die Bestellungen der Gäste abarbeiten. Ich hatte zwei riesige Kippbratpfannen zu bedienen. In der linken musste ich Fried oder Scrampled Eggs, in der rechten Schnitzel oder T-Bone-Steaks braten. Zwischen den beiden Pfannen stand eine Mülltonne. Da jedoch die Bestellbons im Sekundentakt kamen, die Eier oder Steaks aber immer schneller anbrannten, als ich sie herausnehmen konnte, war die Tonne immer gut gefüllt. Eines Tages meinte der Küchenchef, dass diese Arbeit wohl doch nicht die richtige für mich sei. Er hat mich jedoch nicht entlassen, sondern ins Lager versetzt.

Dort mussten wir die Ware annehmen und die Küche auf Anforderung beliefern. Unser Lager befand sich ein Stockwerk über der Küche. Im dritten oder vierten Stock. Es gab nichts was es nicht gab. Vom Juice über Whisky bis zur Cremetorte, Eis oder Donuts. Von der Banane bis zum Pinapple und natürlich Gemüse und Fleisch.

Die Arbeit begann jeden Tag um Mitternacht und dauerte bis acht Uhr früh. Zuerst mussten wir die anliefernden LKW entladen. Da unser Lager, wie gesagt ziemlich weit oben lag, und, zumindesten im Personalbereich, kein Aufzug funktionierte, mussten wir alles die Treppen hoch schleppen. Das ging ganz schön über die Knochen. Neben schweren Kisten bekamen wir zum Beispiel tiefgekühlte Schweinehälften und Rinderviertel. Wenn man so ein Ding auf dem Buckel hatte, und wenn es im ersten Stock begann, da aufzutauen, wo es auf dem Körper auflag, lief dir das blutige Wasser in den Hemdkragen. Die Knochen drückten in die Schultern. Wenn das geschafft war, machten wir die Anforderungen der Küche fertig, damit die am anderen Tag wieder ihre Arbeit tun konnten. Das Beste war eine Anweisung des Chefs, die uns gestattete, alles was angestoßen oder zerbrochen war, zu essen, nachdem er den Verlust bestätigt und gegengezeichnet hatte. Also machten wir möglichst viel Bruch, wie das genannt wurde.

Bananen, zum Beispiel, drückten wir leicht durch, damit sie am nächsten Tag anfingen, schwarz zu werden: Bruch ! Eine Cremetorte wird unansehnlich, wenn man sie im Karton mit der Seite an eine Wand stieß:Bruch! Eine Dose Orangenjuice konnte man leicht über eine Tischkante drücken und einbeulen, Eine Cognacflasche verlor schnell den Hals, wenn man nicht vorsichtig war: Bruch ! Wir lebten damals wie Gott in Frankfurt.

Leider wurde der Club bald an einen anderen Ort verlegt. Irgendwohin in den nahen Taunus. Unser schönes Leben war vorbei. Da ich aber nun mal im Getriebe des amerikanischen Arbeitsamts integriert war, und dort meine Payroll hatte, wurde ich nicht arbeitslos. Im Verwaltungsgebäude des ehemaligen IG-Farben Konzerns war das Headquarter der amerikanischen Armee in Deutschland untergebracht. Ich wurde dort Mimeograph Operator. Das hörte sich sehr gut an, wenn man das jemandem erzählte, der kein englisch sprach. Es war jedoch nichts Bedeutendes. Ich musste beschriebene Wachsmasken auf eine Trommel spannen und durch drehen einer Handkurbel die benötigte Anzahl von Kopien anfertigen. Da es jedoch eine Menge „secret" oder „confidential", also geheime Schriftstücke gab, wurde ich dann immer hinausgeschickt, und ein Soldat übernahm meine Arbeit. Trotzdem fühlte ich mich ziemlich mächtig, sah ich doch einige Male den späteren Präsidenten der USA, General Eisenhower, der im gleichen Haus seine Büros hatte. Einmal hat er mich sogar angesprochen. Natürlich war ich darauf stolz.

Leider war das auch irgendwann zu Ende. Ich wurde auf das Betriebsgelände der Hoechst AG in Griesheim versetzt. Jetzt war ich Initial Distributor. Das hörte sich wieder interessant an. Ich musste die technischen Anleitungen für das militärische Equipment an die verschiedenen Truppenteile in Deutschland verteilen. Also so etwas wie Gebrauchsanweisungen für bestimmte Waffen oder Fahrzeuge bis hin zum Panzer für die Einheiten bereitstellen. Dazu musste ich die Abkürzungen auswendig wissen, welche die unterschiedlichen Truppenteile bezeichneten und ihren Standort. Die „Initialen" dafür waren auf der Rückseite der Hefte aufgedruckt. Wir mussten sie dann auf die Postfächer verteilen, wo sie durch Kuriere abgeholt wurden. Vorher wurde ich „cleaned", oder wie wir es verdeutscht hatte „gecleant", also überprüft, ob ich sauber bin oder ein heimlicher kommunistischer Spion, da waren sie ganz streng. Ich musste dann unterschreiben, dass ich keine Informationen weitergebe, von denen ich Kenntnis erhalte. (Später hat mir das mal sehr geschadet.) Wir waren drei Deutsche und zehn, zwölf Amerikaner, und wir wurden ganz gut bezahlt.

Um 1952 (?) wurde die Anzahl der deutschen Zivilangestellten verringert und man entließ uns. Ich war lange Zeit arbeitslos. Jede Woche musste ich mir auf dem Arbeitsamt einen Stempel abholen und bekam dafür ein paar Mark Arbeitslosengeld.

Mein Bruder, der im Krieg eine schwere Wirbelsäulenverletzung abbekam, und lange mit einem Gipskorsett leben musste, war wieder gesund und hatte eine Anstellung bei den Stadtwerken Offenbach. Er war Straßenbahnfahrer, später Busfahrer. Das hatte den Vorteil, dass er nach einer bestimmten Zeit Beamter wurde und damit unkündbar. Es blieb mir nichts anderes übrig, als durch seine Vermittlung ebenfalls dort zu arbeiten. Allerdings hatten sie Fahrer genug und ich wurde Straßenbahn- und Busschaffner. Es war eine bescheuerte Arbeit. Jeder Idiot hat mich beschimpft, wenn der Bus mal drei Minuten später ankam. Ich konnte am allerwenigsten dafür.

Im Jahr 1950 hatte ich mit zwei Freunden, die ich noch aus der Schule kannte, den Entschluss gefasst, nach Kanada auszuwandern. Wir mussten lange Fragebogen ausfüllen und nach Karlsruhe schicken. Meine beiden Freunde bekamen ziemlich schnell eine Einladung zur Anhörung. Die beiden hatten jeder ein Motorrad, und da ich annahm, dass meine Einladung auch bald eintreffe, bin ich auf dem Sozius mitgefahren. Man hat mich jedoch nicht mal in das Konsulat eingelassen. Der Pförtner sah in einer Liste nach und teilte mir mit, dass mein Antrag abgelehnt sei. Eine Begründung dafür gab es nicht. Wahrscheinlich lag es daran, dass die beiden Handwerker waren, ich aber Kaufmann. Ich hätte heulen können.

Da meine beiden Freunde noch ein paar Tage wegen verschiedener Untersuchungen dort bleiben mussten, vertraute mir einer sein Motorrad an, damit ich am gleichen Tag zurückfahren konnte, da ich sonst ein Hotelzimmer hätte nehmen müssen, das ich aber nicht bezahlen konnte. Der Haken war nur, dass ich keinen Führerschein hatte. Fahren konnte ich aber. Es war bei der Hinfahrt sehr warm. Deshalb hatte ich nur Hemd und Hose an. Jeder Motorradfahrer wird mich deshalb für doof halten. Gut es war ja auch doof. Jedenfalls bin ich so losgefahren. Obwohl es immer noch relativ warm war, es ging schon auf den Abend zu, war ich nach einer Stunde Fahrt steif gefroren. Vor Kälte und vor Wut habe ich dann tatsächlich geheult. Ich machte eine Pause, um mich ein bisschen aufzuwärmen. Als ich dann den Starter wieder durchtrat rührte sich überhaupt nichts. Ich brachte das verfluchte Ding nicht mehr in Gang. Also blieb mir nichts anderes übrig, als die schwere Maschine auf der Autobahn (!) zu schieben. Es waren schon ein paar Kilometer bis zur nächsten Tankstelle, wo ich mir Hilfe erhoffte. Das Scheißding wurde immer

31

schwerer. Dabei hatte ich noch Glück gehabt, denn damals waren die Tankstellen nicht so häufig wie heute. Jetzt schäme ich mich ein bisschen, weiter zu schreiben, aber ich hatte mir ja vorgenommen, immer die Wahrheit zu schreiben. Der Tankwart zeigte mir nämlich, dass ich nur den Hebel auf Reserve hätte stellen müssen. Dann wäre die Maschine noch viele Kilometer gefahren. Gefroren habe ich erst wieder nach der nächsten halben Stunde. Als ich zu Hause ankam war es tiefe Nacht.

Anfang 1951 fuhren die beiden Freunde ab Bremen mit einem Schiff der Cunard Line in Richtung Kanada. Sie mussten dann eine Weile als Lumber, Holzfäller, arbeiten, um die Überfahrt abzubezahlen. Danach durften sie sich selbst eine Arbeit suchen. In den Rocky Mountains, weit weg von Vancouver, haben sie in einem Goldbergwerk eine gut bezahlte Arbeit gefunden. Wir schrieben uns noch ziemlich lange, dann habe ich jedoch den Kontakt zu ihnen verloren. Ich wusste nicht mehr, ob sie überhaupt noch dort sind. Durch einen großen Zufall bekam ich die Adresse von einem der beiden Ende 1999. Ich habe ihn im Sommer 2000 in Vancouver besucht. Es war ein schöner Urlaub und eine besinnliche Zeit der Erinnerung.

Im August 1951 hatte ich geheiratet und im Dezember einen Sohn bekommen. Die Ehe ging allerdings 1968 in die Brüche. Ich hatte eine andere Frau kennen gelernt. Schuld hatten wir beide daran. Mehr möchte ich dazu nicht sagen. Ich hoffe dass das jeder versteht. Über die Umstände meiner Scheidung und die Schwierigkeiten schreibe ich später.

Bis Anfang 1954 arbeitet ich weiter als Busschaffner ohne viel Freude an der Arbeit. Eine Wohnung hatten wir nicht. Wir bewohnten ein Zimmer bei meinen Eltern. Eines Tages kam mein Onkel, Bürgermeister bei Gera in Thüringen, zu Besuch. Er erzählte mir, dass ich bei ihm sofort eine Wohnung bekäme und in meinem Beruf arbeiten könne. Sogar ein Studium könne ich aufnehmen.

Wir haben lange darüber beraten. Politisch war ich damals ein Dummkopf. Ich hatte nicht mal den 17. Juni 53 mitbekommen. Wir beschlossen, den Versuch zu wagen. Ich hatte keine Lust mehr, mein Leben als Busschaffner fortzusetzen. Außer meinen Eltern haben wir jedoch niemanden informiert. Offiziell fuhren wir zu Besuch. Falls nicht alles so klappen sollte, wie es versprochen wurde, konnten wir ja wieder zurückfahren, ohne das Gesicht zu verlieren. Es war mir schon klar, dass mich alle für verrückt erklären würden. Wie recht sie alle gehabt hätten, war mir allerdings nicht so klar.

Kurz, es klappte wirklich alles reibungslos. In dem Dorf wollte ich allerdings nicht bleiben, bekam aber ohne Schwierigkeiten nach kurzer Zeit eine Wohnung in Leipzig, allerdings ohne Bad, aber das hatte ich in Offenbach auch nicht. Nach einem kurzen Abstecher in eine Fabrik nahm ich eine Stelle im HO-, später Centrum-Warenhaus, Leipzig an. Das Gehalt war nicht so berauschend, aber meine Frau bekam auch eine Arbeit. Wir mussten halt sparen, doch das waren wir gewohnt. Anfangs unterstützte uns meine liebe Mutter ein bisschen, die Eltern waren inzwischen beide Rentner. Da Geld schicken verboten war, und, wie man hörte, die Pakete kontrolliert wurden, hatte meine Mutter einen genialen Einfall. Sie tauschte Westmark zu einem guten Kurs um, knackte vorsichtig Walnüsse, höhlte sie aus und knitterte einen Hundert-Mark-Schein hinein. Das klappte gut, und obwohl die Päckchen durchleuchtet wurden, fiel es niemals auf. Wenn sie uns besuchte, brachte sie für jeden eine „Nato-Plane" mit. Weiß noch jemand, was das war? Es waren leichte, dunkelblaue Nylonmäntel, wie sie die amerikanischen Soldaten zur Uniform trugen, daher der Name. Die Dinger waren im Westen spottbillig und bei uns konnte man sie gut verkaufen. Man durfte sich allerdings dabei nicht erwischen lassen.

Ich vergaß zu erwähnen, dass mein Entschluss, in den Osten zu gehen, auch davon beeinflusst war, dass man im Westen dabei war, wieder eine Armee aufzubauen, und dazu hatte ich nicht die geringste Lust. Der Krieg war mir noch in schrecklicher Erinnerung. Und ich ahnte ja nicht, dass man im Osten schon längst damit begonnen hatte unter dem Namen KVP, Kasernierte Volkspolizei.

1956 bewarb ich mich um einen Studienplatz an der Hochschule für Ökonomie in Dresden. Ich hätte lieber ein anderes Fach gewählt, aber bei meinem Beruf gab es keine andere Möglichkeit. Deshalb sagte ich bereits, dass die Lehre als Kaufmann ein Fehler war. Leider war es die falsche Ökonomie, die man mir beibrachte, wie sich später herausstellte. Das macht aber nix, weil ich sowieso nur kurze Zeit in dem Beruf arbeiten durfte. Dazu später mehr.

Es war ein kombiniertes Fern-und Direktstudium. Wir bekamen unsere Lehrbriefe, hatten in Leipzig regelmäßig Konsultationen und mussten jedes Jahr zu Vorlesungen und Seminaren drei Monate nach Dresden.

Mein Start ins Studium war kurios. Die Schule hatte für uns zur Einführungsvorlesung in Dresden Zimmer besorgt. Immer eins für drei Mann. Irgendwie war mein Vorname verwechselt worden. Als ich mein Zimmer suchte, waren dort schon zwei hübsche junge Mädels eingezogen. Kurz und gut: Ein anderes Zimmer gab es nicht. Wir mussten zu dritt in diesem Zimmer schlafen. Es war ziemlich aufregend, aber ich habe dort wirklich nur geschlafen. Ehrlich ! Um uns ein bisschen kennen zu lernen, sind wir abends durch die Kneipen gezogen. Es wurde sehr spät und am nächsten Vormittag war die Einführungsvorlesung. Ich suchte mir einen Platz ganz oben in der letzten Reihe, fast unter dem Dach des Hörsaals. Als ich wieder wach wurde, war ich, außer dem Dozenten, der einzige im Saal. Alle anderen hatten sich ruhig und rücksichtsvoll zurückgezogen und sich wahrscheinlich krankgelacht. Der Dozent fragte mich höflich nach meinem Befinden und wünschte mir ein erfolgreiches Studium. Wir wurden aber noch gute Freunde in den nächsten Jahren.

Am Studium hat mich am meisten die Philosophie von Marx interessiert. Wenn er auch bei der Ökonomie wegen falscher Voraussetzungen oft falsche Schlussfolgerungen gezogen hatte, wie ich heute weiß, war doch seine Philosophie sehr logisch und gut durchdacht. Davon bin ich heute noch überzeugt. Den größten Denkfehler machte er jedoch bei der Annahme, man könne Menschen davon überzeugen, dass sie ihren Egoismus gegen Klassensolidarität eintauschen könnten.

Dass die Ökonomie in der DDR nicht so lief, wie man es uns beibringen wollte, schob ich damals auf die Umstände der deutschen Teilung. Und dass wir, im Gegensatz zur Bundesrepublik, nicht den reichen Freund an der Seite hatte, sondern die arme Sowjetunion, die wir Deutschen ja erst in diese Armut gebracht hatten. Es wird schon werden, dachte ich damals. Dass es an der Unfähigkeit unserer Staatslenker lag und an dem starren Plansystem des Sozialismus, habe ich zu spät gemerkt. Nicht erst 1989, sondern in der Zeit, als ich in der täglichen Arbeit mit der Realität konfrontiert wurde.

Im Lauf meines Studiums wurde ich von der Richtigkeit unseres Systems überzeugt, und ich wurde Mitglied der SED.

Meine Studienzeit von 1956-60 war vielleicht die schönste Zeit meines bisherigen Lebens, obwohl es schwer war, sie durchzustehen. Ich musste ja weiterarbeiten. Freigestellt wurde ich nur für die Zeit, wo wir in Dresden waren. Dazu kam. Dass meine Frau nach einer schweren Operation nicht mehr arbeitsfähig war und Rente bekam die kaum der Rede wert war. Mit sechsundzwanzig Jahren (!). Trotzdem, gehungert haben wir nie.

Unsere Studiengruppe war ein lustiger Haufen. Wir gingen schon mal zusammen ein Bier trinken, oder mit unseren jeweiligen Partnern zum Tanzen. Ein paar mal waren wir im Haus Auensee. Es war die große Zeit des Orchesters Paul Henkels. Fips Fleischer trommelte damals in dieser Kapelle. Ich weiß nicht mehr, wann Henkels damals nach dem Westen ging und Fips

Fleischer die Band übernahm. Damals war alles noch ein bisschen großzügiger als später. Sie spielten noch fleißig die Melodien von Gershwin und Glenn Miller. Keiner hatte was dagegen.

Eines Tages allerdings erfand René Dubiansky den Lipsi. Ich glaube heute weiß kein Mensch mehr was das war. Er war im 6/4-Takt geschrieben und kaum einer konnte danach tanzen oder mit klatschen. Der Leiter der bekannten Leipziger Tanzschule Helmut Seifert kreierte dann trotzdem dazu ein paar Tanzschritte. Im Radio und im Fernsehen gab man sich die größte Mühe Takt und Tanz populär zu machen, und Ulbricht verteufelte das „schreckliche Jeh, jeh, jeh" des imperialistischen Klassenfeindes. Es war das erste Mal, dass ich etwas von Solidarität merkte: Während sonst die Tanzfläche immer voll war, blieb beim Lipsi alles sitzen! Nicht nur, weil man das nicht tanzen konnte, man wollte es auch nicht lernen. Ich glaube, das war so um 1959 und 1960 war alles wieder vergessen. Es wurde wieder Tango und Walzer getanzt und Twist und Mambo. Und Rock´n Roll!

Einmal hatte ich ein Erlebnis mit einem Kommilitonen, welches ich hier nicht auslassen kann. Ich hatte inzwischen den Arbeitsplatz gewechselt und war Einkäufer in einer RFT-Fabrik. Mein Kollege, den ich noch aus dem Warenhaus gut kannte, arbeitete weiter dort. Er war Abteilungsleiter Herrenoberbekleidung. Wir waren verpflichtet, jedes Jahr zweimal die Leipziger Messe zu besuchen. Im Frühjahr und im Herbst. Ich verabredete mich mit meinem Studienfreund zum Messebesuch. Es war eine Modenschau angesagt und mein Kollege arbeitete ja in der Modebranche. Als wir zur Modenschau wollten, war jedoch alles abgesperrt. Eine Regierungsdelegation wurde erwartet.

Mein Freund kannte jedoch einige der Leute, die hinter der Absperrung ihren Messestand hatten und die holten uns herein. Als dann die Delegation Platz nahm, kam einer der Ordner, heute weiß ich natürlich, dass es ein Stasi-Mann war. Er dachte, wir seien Delegations-Mitglieder und forderte uns auf, Platz zu nehmen, was wir dann auch taten. Ich saß zwei Plätze neben Grothewohl in der ersten Reihe, mein Freund neben mir. Als die Modenschau vorbei war, wurden wir zu einem Messerundgang gebeten. Wir hatten die Absicht, uns draußen zu verdrücken, was uns jedoch nicht gelang. Immer wenn wir ein paar Schritte zurückgeblieben waren, holte uns ein Begleiter nach vorne. „Nicht zurückbleiben, bitte!" Dann wurden wir zu einem gemeinsamen Imbiss geschoben. Uns war nicht geheuer, aber was sollten wir tun? Zum Schluss machte eine Anwesenheitsliste die Runde, in die jeder seinen Namen schreiben sollte und die Tätigkeit. Mein Freund schrieb seinen Namen und in die Spalte Tätigkeit schrieb er „Handel". Ich schrieb ebenfalls meinen Namen und unter die Spalte Tätigkeit machte ich Gänsefüßchen. Am nächsten Tag standen wir alle namentlich in der Leipziger Volkszeitung. Neben unseren Namen stand „Ministerium für Handel und Versorgung." Wir haben tagelang auf unsere Verhaftung gewartet und jedes Klingeln an der Wohnungstür ließ uns eine Gänsehaut über den Rücken laufen.

Zum Abschluss unseres Studiums mussten wir ein paar Wochen Praktikum in einem Betrieb nachweisen. Da ich später gerne als Dozent gearbeitet hätte, wenn möglich an einer UNI, gab ich Unterricht an einer Schule, an der Industriemeister ausgebildet wurden. Das hat mir Spaß gemacht, und ich wurde auch nach meinem Diplom dort nebenberuflich weiterbeschäftigt. Das war eine brauchbare Geldquelle, aber es hat mir letztendlich das Genick gebrochen.

Jedes Jahr im Mai hatte ich meine Eltern in Offenbach besucht. Im Februar 61 stellte ich wieder einen Antrag. Diesmal wurde er abgelehnt. Ich müsse als Parteimitglied Vorbild sein, außerdem sei es gefährlich für mich, in ein imperialistisches Land zu fahren, wo man meine Ausbildung zu schätzen wisse. So ein Blödsinn. Ich protestierte natürlich dagegen, aber jeder der in der DDR gelebt hat weiß, wie sinnlos das war. Meine Mutter war schwer Herzkrank, aber man ließ mich nicht fahren. Dummerweise sagte ich auf der Polizei, dass ich mir dann einen anderen Weg suchen müsse. Ich habe ein Flugticket nach Berlin gebucht, weil ich dachte, dass im Zug die Kontrolle schärfer sein würde. Es war die Zeit, wo Tausende auf diesem Weg die DDR verließen. Von Westberlin aus hätte mir meine Mutter ein Ticket nach Frankfurt am Main spendiert. Ich wollte am 19.März fliegen. Am 18.März hatte ich noch mal Unterricht in der Meisterschule. Gegen acht Uhr, kurz vor Unterrichtsbeginn hatte ich mit ein paar Schülern eine Diskussion wegen der vielen DDR-Flüchtlinge und meinte, dass wir selbst daran Schuld seien, und sprach von der Ablehnung meines Antrags zum Besuch meiner Mutter. Auch jetzt deutete ich an, dass es ja auch noch den Weg über Westberlin gäbe. Das war natürlich sehr naiv von mir. Ich hätte es besser wissen können.

Gegen zehn Uhr betraten zwei junge Männer unangemeldet mein Klassenzimmer. Sie trugen Ledermäntel und einer führte einen Schäferhund an der Leine. Eine Hand behielten beide in der Manteltasche. Mit der anderen klappten sie einen länglichen Ausweis kurz auseinander und so schnell wieder zu, dass ich ihn nicht lesen konnte. „Bitte kommen Sie mit zur Klärung eines Sachverhaltes. Ziehen Sie Ihren Mantel an!" Ich verlangte, die Ausweise noch mal zu sehen. „Machen Sie keine Dummheiten, sonst haben Sie ein Loch im

Mantel ! Sie sind vorläufig festgenommen !" Dann legten Sie mir Handschellen an. Ich wurde in ein Auto geschoben, dessen Fenster geschwärzt waren.. Zum Fahrer war eine Holzwand eingezogen, sodass ich nicht auf die Straße sehen konnte. Einer der beiden Männer setzte sich neben mich und platzierte den knurrenden Schäferhund zwischen uns. Ich schätze mal, dass wir vielleicht drei Stunden fuhren. Auf meine Frage wohin, bekam ich keine Antwort. Der Fahrzeit nach könnten wir etwa in Berlin sein wunderte ich mich.

Dann hörte ich ein lautes Rollen. Anscheinend öffnete sich ein großes, metallenes Schiebetor auf Schienen. Nachdem der Wagen hielt, musste ich aussteigen und ich sah mich in einem, von hohen Gebäuden umgebenen Hof. Ich wusste da noch nicht, dass wir zu meiner Irreführung wahrscheinlich ein paar mal um Leipzig herum gefahren waren. Erst viel später habe ich erfahren, dass dies das Stasi-Untersuchungsgefängnis in der Beethovenstraße war. Ich hatte nicht einmal gewusst, dass es das gab.

Es wird wohl jeder verstehen, dass ich die Ereignisse der nächsten Zeit etwas ausführlicher beschreiben werde. Ich versichere, dass jedes Wort wahr ist. Jeder, der hier einmal eingeliefert wurde, wird dies bestätigen.

Ich wurde durch unendlich lange, menschenleere Flure treppauf und treppab geführt. Die Bedeutung der brennenden roten Lampen in der Deckenkehle war mir damals noch nicht bekannt. Vor einer der Türen blieben wir stehen. Einer meiner beiden Begleiter ging in das Zimmer hinein, kam aber bald wieder heraus und führte mich in den Raum. Nach einem Blick des am schrägstehenden Schreibtisch sitzenden Offiziers verließ er das Zimmer sofort wieder. Der Offizier, mit den Rängen kannte ich mich damals noch nicht aus, deutete auf einen Holzhocker ohne Lehne, der mitten im Zimmer stand. Ich setzte mich und wollte ihn automatisch ein bisschen zurechtrücken, aber ohne eine Mine zu verziehen und mit leiser, unbeteiligter Stimme sagte der Mann am Schreibtisch: „Hat keinen Zweck. Ist festgeschraubt." Der Unterleutnant in Uniform hatte einen Stapel Akten vor sich liegen und schrieb mit der Hand etwas auf einen Block, der aufgeklappt auf dem Tisch lag. Ein paar mal setzte ich zu einer Frage an, aber er warf mir jedes mal einen Blick zu, der mich sofort wieder verstummen ließ. Man verliert in solch einer Situation jedes Zeitgefühl, aber ich denke, er schrieb mindestens eine halbe Stunde ohne ein Wort zu sagen. Ich sah mich nervös im Zimmer um. Außer dem bekannten Ulbricht-Bild, das in jedem Büro der DDR hing, war es vollkommen schmucklos. Durch das vergitterte Fenster sah man kahle Bäume. Ich versuchte, die Beschriftung des oberen der vier Aktendeckel zu lesen. Von mir aus stand die Schrift auf dem Kopf. Mir lief ein Schauer den Rücken hinunter, als ich unter einer Nummer meinen Namen und meine Adresse las. Heute ist mir klar, dass ich das lesen sollte, denn nachdem der Mann merkte, dass ich Erfolg hatte, schob er seinen Block beiseite und sah mich an.

„Sie sind zugeführt worden unter dem Verdacht der versuchten Republikflucht. Äußern Sie sich dazu."

Natürlich verneinte ich das. Inzwischen habe ich meine Gauck-Akte gelesen, die jetzt acht Ordner umfängt, und ich weiß, dass ich bereits seit zwei Wochen rund um die Uhr observiert wurde. Der Witz dabei ist, dass mich ein Mann aus Westdeutschland, aus Hagen in Westfalen, an die Stasi verraten hatte. Er war der einzige, mit dem ich über meine Absicht gesprochen hatte, weil ich ihm vertraute. Er kam zu jeder Messe nach Leipzig, und er war oft zu Gast in meiner Wohnung, hat bei mir gegessen und getrunken. Und mit mir zusammen auf die Regierung geschimpft. Ich hatte schon längst geahnt, dass er es war, aber erst nach meiner Akteneinsicht wurde es Gewissheit. Leider ist er inzwischen tot. Ich hätte gerne mit ihm darüber geredet und einiges gefragt.

Nach drei oder vier Stunden und ein paar Schikanen des Vernehmers, bei denen die zwei vor der Tür stehenden Stasileute handgreiflich wurden und ich mir an der Heizung ein Loch im Kopf einhandelte, gab ich auf. Ich war so naiv zu glauben, dass ich jetzt nach Hause könne. Aber ich wurde in einen anderen Raum geführt, wo ich mich nackt ausziehen musste. Alle Löcher, die ich am Körper hatte wurden genauestens inspiziert. Ich bekam eine blauweiß gestreifte lange Unterhose, eine Drillichjacke und eine Hose. Auf den Ärmeln, den Außenseiten der Beine und auf dem Rücken waren breite, gelbe Streifen eingesetzt. Nachdem ich angezogen war wurde ich wieder treppauf und treppab in einen anderen Teil des Gebäudes geführt, und wieder brannten unter der Decke rote Lampen. Der Gebäudeteil in den man mich führte hatte drei Stockwerke. Eiserne Treppen führten zu Galerien, auf denen sich viele Türen befanden. Zwischen den einzelnen Etagen waren waagrecht Maschendrahtgitter gespannt, die wahrscheinlich das hinunterspringen verhindern sollten. Ein Mann in Uniform brachte mich zu einer der Zellen, schob mich hinein und drehte den Schlüssel geräuschvoll im Schloss. Ich war eingesperrt.

„Wenn die Tür aufgeschlossen wird, drehen Sie sich mit dem Rücken zur Tür und melden sich mit Ihrer Nummer. Sie drehen sich erst wieder um, wenn es Ihnen erlaubt wird. Klar ?", hatte er mich vorher noch informiert. So mutlos, wie jetzt hatte ich mich noch nie in meinem ganzen Leben gefühlt. Ich war alleine. An dem Guckloch in der Tür sah ich einen Lichtschein, der nach kurzer Zeit wieder verschwand.

Der Schließer, wie die Wärter später im Strafvollzug genannt wurden, hatte mich auf die Zellenordnung hingewiesen, die an der Tür hing. Ich versuchte sie zu lesen, verstand aber den Sinn der Worte nicht, die ich las.

Jetzt schaute ich mich in der Zelle um. Gegenüber der Tür, in etwa zweieinhalb Meter Höhe, war ein viereckiges Loch in der Mauer. Es war mit undurchsichtigen Glasbausteinen vermauert, durch die eine diffuses Licht hereinkam. Auf der Außenseite waren die Glasziegel bis etwa zwei Drittel der Öffnung hochgezogen.. Von innen zog sich eine Schicht Ziegel ebenfalls zwei drittel nach unten. Zwischen diesen beiden Ziegelschichten war ein Spalt von vielleicht fünf Zentimeter. Dort kam ein wenig frische Luft herein, aber auch die Kälte, wie ich bald merken sollte. Unter diesem „Fenster" war über die ganze Breite der Zelle eine Pritsche aus Holzbrettern gebaut, mit dem Kopfteil zum Fenster. An der Fensterwand endete sie in einer Schräge. Sozusagen das „Kopfkissen". Auf der Pritsche lagen drei zusammengerollte Unterlagen mit einer klumpigen Füllung. Zu meiner Ausrüstung gehörte nur noch eine dünne Decke. Am Fußende der Pritsche zog sich ein schwarzes, armdickes Rohr vom Fußboden zur Decke hoch. Es war lauwarm: Die Heizung. Neben der Zellentür stand ein Toilettenbecken. Es war zwar ein WC, aber wie ich später merkte hatte es keine Spülmöglichkeit innerhalb der Zelle. Hatte man die Toilette benutzt, musste man an die Tür klopfen, wenn man draußen Schritte hörte. Der Schließer drückte dann die Spülung, wenn er Lust hatte.

Das war die gesamte Einrichtung. Es gab keine Waschgelegenheit, keinen Stuhl, keinen Tisch. Früh bekam man eine abgeblätterte Emailleschüssel mit kaltem Wasser und ein graues Handtuch, was beides dann wieder eingezogen wurde. In unregelmäßigen Abständen reichte man einen Rasierapparat mit einer stumpfen Klinge und ein Stück Rasierseife, keinen Pinsel herein. Beim Rasieren stand der Schließer neben mir in der Zelle.

Zum Frühstück gab es drei oder vier Scheiben trockenes, graues, klebriges Brot, einen Klecks Margarine und einen Klecks Marmelade. Da die Margarine und die Marmelade aber höchstens für zwei Schnitten reichte, musste ich die dritte oder vierte trocken essen. Mittags gab es fast ausnahmslos Eintopf. Mindestens dreimal in der Woche einen zerkochten Möhreneintopf. Die Fleischeinlage war immer winzige Stückchen knorpeliger Schweinsohren. Zum Abendbrot reichte man uns wieder ein paar Schnitten. Wieder mit Margarine und zwei Scheiben Wurst oder trockenen Käse. Essen musste ich auf der Pritsche oder im Stehen aus der Hand. Einen Tisch hatte ich ja nicht. Als Besteck gab es immer nur einen Aluminiumlöffel. Butter und Marmelade musste ich mit dem Löffelstiel verteilen.

Irgendwann vormittags oder auch nachmittags wurden wir zum „Hofgang" geführt. Das war ein viereckiger, ummauerter Käfig, nach oben mit Maschendraht geschlossen. Etwa in der Größe meiner Zelle. Es gab mehrere dieser Käfige nebeneinander, und man konnte die Schritte des Nachbarn hören. Reden war streng verboten. Über den Käfigen war an einer Hauswand eine Art Balkon, auf dem ein Uniformierter mit einer Maschinenpistole stand. Wenn wir hinuntergeführt wurden, auch zum Verhör, brannten die bereits erwähnten roten Lampen in der Deckenkehle. Das bedeutete: Es war ein Häftling unterwegs, und alle anderen mussten in der Zelle sein. Auch die Stasi-Leute waren dann nicht zu sehen. Ich sah immer nur den Mann, der mich aus der Zelle abholte und einen oder mehrere Vernehmer. Das habe ich aber alles erst im Laufe der Zeit mitgekriegt. Wenn man vom Hofgang zurückkam in die Zelle, spürte man erst die schlechte Luft und den Gestank.

Aber zurück zum Tag meiner Einlieferung. Zuführung hieß das im Jargon der Stasi. Irgendwann habe ich dann doch die Zellenordnung gelesen. Es war verboten, sich tagsüber auf die Pritsche zu legen. Auch an die Wand durfte man sich nicht anlehnen. Wurde der Schlüssel in der Tür gedreht, musste man aufstehen, sich mit dem Rücken zur Tür drehen und laut seine Nummer sagen. Früh um sechs Uhr wurde man geweckt, und um einundzwanzig Uhr ging das Licht aus. Ohne Vorwarnung. Man musste sich auf die Pritsche legen, die Hände aber über der Decke halten. Eine Uhr hatte ich nicht. Auch meinen Gürtel und die Schnürsenkel hatte man mir abgenommen.

Nach meiner Einlieferung saß ich drei Tage in meiner Zelle ohne dass sich etwas tat. Meine Fragen wann und wie es nun weiterginge wurden überhört. Am dritten Tag, es muss gegen zwanzig Uhr gewesen sein, öffnete sich plötzlich die Tür. „Mitkommen! Vernehmung."

Ich war erst mal froh, dass überhaupt was passierte. Aber ich hatte mich getäuscht. Zwar wurde ich wieder in das gleiche Zimmer geführt, wo ich am ersten Tag war, und auch der Unterleutnant saß wieder an seinem Schreibtisch., aber er beachtete mich überhaupt nicht, sondern schrieb wieder eifrig in seinen Block. Meine Frage nach einem Anwalt nahm er einfach nicht zur Kenntnis. Ich saß vielleicht zwei oder drei Stunden auf dem Holzhocker. Danach wurde ich wieder in meine Zelle geführt. Ich habe vor Wut geheult. Mit meiner Zelle hatte ich mich inzwischen abgefunden, aber dass man nicht die kleinste Möglichkeit hatte, Einfluss zu nehmen, zerrte ganz schön an den Nerven.

Es war im ganzen Haus schon dunkel, als man mich wieder in meine Zelle führte. Und es war immer noch dunkel, als ich wieder barsch geweckt wurde.

Diesmal saßen drei Offiziere im Vernehmungszimmer und redeten auf mich ein. Die Fragen kamen aus allen Ecken und schneller, als ich nachdenken und antworten konnte. Passte denen meine Antwort nicht, bohrten Sie nach oder verhöhnten meine Glaubwürdigkeit. Das ging so lange, bis es draußen hell wurde. Danach bekam ich ein paar Bogen Schreibpapier in die Hand und wurde in eine anderes, leeres Zimmer geführt. Ich musste meinen Lebenslauf schreiben. Das musste ich übrigens im Laufe der Zeit mindestens zehnmal, und wenn auch nur ein Punkt oder Komma anders war als in der vorigen Version, zerrissen sie mich in der Luft.

Die Situation wechselte ständig. Mal wurde ich stundenlang verhört, dann wieder ließ man mich tagelang in der Zelle schmoren

Inzwischen hatte ich mich an vieles gewöhnt und war ein pfiffiger Knacki geworden. So hatten mich zum Beispiel in der ersten Nacht die ständigen Klopfgeräusche gestört, aber ich habe ganz schnell kapiert, das das die Gefängniskommunikation war. Es wurde einfach das Alphabet geklopft. Das ging zwar langsam aber wir hatten ja unendlich Zeit. Einmal klopfen hieß „a", zweimal „b" und so weiter. Man musste höllisch aufpassen, denn schnell hatte man sich mal verzählt und dann ging das wieder von vorne los. Man konnte sich so sicher unterhalten, denn von draußen konnte keiner wissen, woher die Klopfzeichen kamen. Auch durch das Guckloch konnte man die kleinen Bewegungen der Finger nicht erkennen. Eine weitere Möglichkeit der Verständigung war wesentlich gefährlicher und wurde nur angewandt, wenn man schnell etwas mitteilen musste. Mit der Toilettenbürste wurde schnell das Wasser aus dem Becken gepumt. Mit einem vereinbarten Zeichen wurde vorher der Insasse der Zelle über dir oder /und unter dir davon in Kenntnis gesetzt. Jetzt konnte man in die Toillettenschüssel hineinrufen und wurde unten und oben verstanden. Das kam aber meistens heraus, weil man das abpumpen des Wassers von außen hören konnte. Jetzt musste der Schließer nur nachsehen, wo das Wasser fehlte.

Ich erinnere mich noch gut an meinen ersten Klopferfolg, nachdem ich das System begriffen hatte. Ich fragte meinen linken Nachbarn, wie lange er schon hier sei, und er antwortete: „Ohne Verhandlung und Urteil seit siebzehn Monaten." Ich bekam solch einen Schreck, dass ich erst mal nicht weiter fragte.

In der elften Woche wurde plötzlich die Zellentür geöffnet, und ich dachte, es ginge wieder mal zum Verhör, oder es stünde einer der ständigen Umzüge von Zelle zu Zelle bevor. Aber ich hatte mich geirrt. Es war mein ehemaliger Zellennachbar, der jetzt wohl seit neunzehn Monaten in U-Haft war.

Er war ein Mann um die fünfzig mit einer großen Narbe quer über die Wange, stellvertretender Schulleiter in Groitzsch, einer kleinen Gemeinde bei Leipzig. Er hatte für einen Westberliner Geheimdienst spioniert, was er auch zugab und anscheinend sogar stolz darauf war. Ich hatte immer gedacht das gäbe es nur in Krimis oder in Hetztiraden gegen den Westen. Plötzlich stand ein leibhaftiger Spion vor mir. Er sammelte Informationen über Truppenstärke und Truppenbewegungen, über die Bewaffnung und den Fahrzeugbestand der Roten Armee und der Volksarmee, die er dann in toten Briefkästen deponierte oder selbst nach Westberlin brachte. Ich freute mich, endlich einen Gesprächspartner zu haben. Ich hätte mich über den miesesten Dieb und über den brutalsten Mörder gefreut. Er wurde kurz vor meinem Prozess zu fünfzehn Jahren Haft verurteilt.

Ein paar Tage später kam ein dritter Mann in unsere Zelle. Er war achtzehn Jahre alt und hieß Dietmar Obst. Vor einem halben Jahr war er in den Westen gegangen. Er fand sich aber nicht zurecht und hatte Heimweh. Seine Mutter hatte sich erkundigt, ob ihm was geschehe, wenn er zurückkäme. Man hatte ihr gesagt, es passiere ihm nichts. Trotzdem wurde er festgenommen, und weil er zugab vor einer amerikanischen Kommission irgend etwas banales ausgesagt zu haben - was konnte er schon Großes wissen - bekam er zwei Jahre.

Ich hatte mich, wie schon erwähnt, über die Gesprächspartner riesig gefreut, aber es wird kaum jemand glauben: Nach acht Tagen konnte ich die beiden nicht mehr ertragen, und denen ging es genau so mit mir. Wir hatten ja täglich viele Stunden Zeit und keine andere Ablenkung, als uns wieder und wieder unsere Lebensläufe und Erlebnisse, vor allem während der Haftzeit, zu erzählen. Wir hingen uns gegenseitig zum Hals heraus. Das Unangenehmste war, dass wir jetzt unsere Notdurft unter den Augen der anderen verrichten mussten. Eine Sichtblende oder so was gab es nicht. Natürlich hat das bei der Qualität unserer Ernährung auch bestialisch gestunken.

Eines Tages flogen ohne Kommentar drei Bücher in unsere Zelle. Eins von der Sagan und zwei belanglose, linientreue Romane. Sozialistische Aufbauliteratur. Jetzt konnten wir uns wenigstens mit lesen ablenken. Durch den älteren Häftling, den „Spion" erfuhren wir, dass unsere Vernehmungen abgeschlossen seien, wenn wir nicht mehr in Einzelhaft wären und Literatur bekämen. So war es dann auch. Am 19. Juni, abends gegen acht Uhr, bekam ich eine dicke Anklageschrift. Ich hatte gerade mal eine Stunde Zeit, darin zu lesen, denn um neun Uhr ging das Licht aus, und vorher musste ich die Akte wieder zurückgeben. Mein Verhandlungstermin war für den nächsten Morgen um zehn Uhr festgesetzt.

Ich bekam meine Klamotten wieder und durfte mich rasieren. Mit Handschellen wurde ich in den hinteren Teil eines Kombis gesetzt, der rundum vergittert war. Heute sehe ich manchmal solche Autos in den en große Hunde transportiert werden. In Handschellen wurde ich in den Gerichtssaal in Leipzig-Schönefeld geführt. Einen Anwalt bekam ich nicht, auch keinen Pflichtverteidiger.

Im Saal saßen vielleicht zwanzig Leute. Außer meiner Frau alle aus den Betrieben, in denen ich mal gearbeitet habe. Sie sahen mich alle böse an. Es stellte sich bald heraus, dass alle, die dann befragt wurden, schon immer geahnt hatten, dass ich ein „Konterrevolutionär" war. Ich nehme es ihnen heute nicht mehr übel. Was sollten sie auch anderes tun, sie hätten riskiert, selbst in den Knast zu gehen.

Der Richter blieb in der Verhandlung ziemlich ruhig und sachlich, aber die Staatsanwältin, eine fette, ältere Frau, erwies sich als eine Furie. Wenn sie mich nicht gerade beleidigte, machte sie mich vor den Zuhörern lächerlich. Das Schlimmste für sie war, dass ich mein Brot einmal als Angestellter der amerikanische Armee verdient hatte. Dafür hätte sie mich anscheinend mit Freude zum Tode verurteilt. Ich hatte aber nichts anderes getan, als ohne die Genehmigung meines Staates, den ich mir dummerweise auch noch selbst ausgesucht hatte, versuchte, nach dem Westen zu gehen. Ich hätte das niemals getan, wenn man mir das offiziell erlaubt hätte. Dabei bin ich nicht einmal sicher, dass ich drüben geblieben wäre. Ich wollte hauptsächlich meine Eltern sehen. Meine Mutter war sehr krank und mein Vater immerhin achtundsiebzig Jahre alt. Sie sind beide gestorben, ohne dass ich sie noch mal gesehen habe, und ohne dass ich wenigstens bei ihrer Beerdigung dabei sein durfte.

Ich wurde zu acht Monaten Haft, bei Anrechnung der U-Haft, verurteilt und habe sie bis auf den letzten Tag abgesessen !

Einen Monat vor meinem Haftende wurde ich zum Direktor der Haftanstalt gebracht, der mir mitteilte, dass ich wegen guter Führung am nächsten Tag entlassen würde. Der hat fast deinen Schlaganfall erlitten, als ich das ablehnte. Ich sagte ihm, dass ich nicht einsehe, wegen eines Monats vielleicht zwei oder drei Jahre Bewährung zu bekommen. Ich müsste dann doch damit rechnen, bei jedem kleinen Fehler ohne Kommentar wieder einzurücken. Er meinte darauf, dass er noch andere Möglichkeiten sehe, meine Loyalität zu beweisen. Ich wusste genau, was er damit gemeint hatte. Voller Wut hat er mich in meine Zelle zurückgeschickt, nachdem er eingesehen hatte, dass er mich nur mit Gewalt los werde.

Zwei oder drei Tage nach meiner Verhandlung wurde ich in den Strafvollzug Leipzig verlegt. Gegen die drei Monate Stasi-U-Haft war das eine reine Erholung. Ich kam in eine Zweimann Zelle, die wir allerdings zu dritt teilen mussten. Es war ein bisschen eng. Da wir jedoch arbeiten gehen mussten (durften), und dann (ich glaube bis neun Uhr) die Zellentüren offen blieben, war es auszuhalten.

Ich lag mit einem jungen Mann zusammen, der wegen versuchten Totschlags verurteilt war und einem anderen, wegen Gewalttätigkeit verurteilt. Es war mit beiden gut auszukommen. Der „Totschläger" hatte einen Einbruch in einen Fotoladen begangen und war vom Nachtwächter dabei erwischt worden. Er sagte dann zu ihm: „Hau ab oder ich schlage dich tot." Das war als versuchter Totschlag ausgelegt worden. Ich habe ihm seine Version geglaubt. Der andere hatte bei einer Kneipenschlägerei zwei Leute böse verletzt.

Wir gingen alle zur Arbeit. Wer sich weigerte, kam in eine Strafzelle. Ich habe sie nie gesehen. Es soll aber ziemlich schlimm gewesen sein. Eng, dunkel, schlechtes Essen.

Ich wurde zum VEB Betonbau eingeteilt. Jeden Morgen mussten wir nach einem relativ guten Frühstück in der unteren Etage antreten. Unsere Namen wurden aufgerufen und wir mussten dazu das Geburtsdatum nennen. Dann fuhren wir mit einem Bus, dessen Fenster mit Vorhängen zugehängt waren, zur Arbeit. Ich hatte die Aufgabe, die Eisenbewehrungen für Betonfertigteile per Hand zurechtzubiegen. Das waren zum Teile Stangen bis vierzehn Millimeter und das ging ganz schön über die Knochen. Es gab dafür keine elektrischen Hilfsmittel wie ich sie später mal gesehen habe. Wir bekamen die zugeschnittenen Stangen und eine primitive Schablone für die geforderte Form und mussten mit der Hand, mittels einer einfachen Hebelvorrichtung, die Eisen zurechtbiegen.

Nach dem ersten Arbeitstag konnte ich kaum noch die Finger bewegen, aber mit der Zeit hat man sich daran gewöhnt. Von dem Betrieb bekamen wir ein sehr gutes zweites Frühstück und ein ebenso gutes Mittagessen. Je nach Normerfüllung bekamen wir einen schäbigen Lohn gutgeschrieben. Ein Teil, ich glaube ein Drittel, mussten wir für die Entlassung ansparen, (nach fünf

Monaten hatte ich 43.25 Mark „gespart!") Und für den Rest konnten wir uns an einem Verkaufsstand, der einmal in der Woche aufgebaut wurde, zusätzliches Essen kaufen und drei Zigaretten pro Tag. Ich habe schnell gelernt, aus einem Zeitungsrand eine Zigarettenspitze zu drehen, damit man die Filterlosen Zigaretten bis zum letzten Krümel aufrauchen konnte. Die Zigarettenspitze bringe ich heute noch, ich hab es gerade mal ausprobiert. Feuer gaben uns die Schließer. Aber wenn die mal nicht da waren, konnten wir auch selbst Feuer machen, was natürlich verboten war. Mit einem Kamm rieben wir Fusseln aus aus unseren Schlafdecken heraus. Die wurden zusammengedreht und mit Ata vermischt auf den rauen Zementboden gelegt. Jetzt fassten wir unseren Hausschuh mit beiden Händen und legten die Sohle auf die Fusselrolle. Wenn man jetzt kräftig und schnell hin und her rieb, fingen diese an zu glühen. Genug um eine Zigarette anzuzünden.

Schlimm war nur, dass ich nur einmal im Monat für eine halbe Stunde meine Frau sehen durfte. Meinen Sohn sah ich während der ganzen Zeit nicht.

Ach eines muss ich noch erzählen. Wenn in Leipzig Messe war, wurde der gesamte Strafvollzug in andere Anstalten verlegt. In einem Zug, dessen Waggons in kleine Käfige aufgeteilt war, wo man gerade sitzen konnte wenn man nicht allzu dick war, wurden wir stundenlang hin und her rangiert und, oft im Schritttempo, gefahren. Bis wir in Bautzen ankamen. Wir kamen in das berüchtigte „Gelbe Elend", dem riesigen Bautzner Knast. Der Häftlingszug wurde bei Insidern „Grothewohl-Express" genannt.

Wir lagen dort in einer Zelle mit vierzehn Häftlingen. Jeder kann sich wohl vorstellen, dass da keine Minute Ruhe herrschte. Nachts wurde geschnarcht und gefurzt, dass man kein Auge zumachen konnte. Da es für uns keine Asrbeit gab, nahmen die Tage kein Ende. Nach Beendigung der Messe ging es wieder im Grothewohl-Express auf die gleiche, langwierige Art zurück nach Leipzig.

Ich habe bereits erzählt, dass ich meine Strafe bis zum letzten Tag absaß. Jetzt, wo ich das schreibe, bin ich siebzig und damals war ich einunddreißig. Ich weiß nicht, wie viel Zeit mir noch bleibt. Zwar will ich unbedingt hundert werden, und jeder der das liest., ist eingeladen, am 16.02.2030 zu meinem Geburtstag. Lange Zeit dachte ich, dass ich das nicht schaffe, aber am 16. August 2000 habe ich mit dem Rauchen aufgehört. Nach fünfundfünfzig Jahren, und in letzter Zeit bis zu dreiß-vierzig Zigaretten pro Tag. Ich bin ehrlich stolz auf mich und könnte mir dauernd auf die Schultern klopfen.

45

Der Tag, an dem ich das kleine, eiserne Tor in dem großen, hinter mir zuschlagen hörte, werde ich mein Leben nicht vergessen. „Dreh dich nicht um!", hatte man mir geraten. Ich käme sonst wieder. Ich habe mich tatsächlich nicht umgedreht. Es war wie ein Zwang, obwohl ich keinen Hang zum Aberglauben habe. Vor dem ersten Mann, der mir entgegenkam, habe ich die Mütze abgenommen, so wie ich es acht Monate gewohnt war. Ich konnte nicht glauben, dass ich plötzlich tun konnte was ich wollte, dass mir keiner Anweisungen gab. Es dauerte ziemlich lange, bis ich in meine alten Gewohnheiten zurückfand. Dabei war ich gerade mal für acht Monate aus dem Leben ausgetreten.. Ich habe niemals ein schriftliches Urteil bekommen, und auch meine Anklageschrift wurde mir nie ausgehändigt. Man gab mir lediglich eine Bescheinigung im Format DIN A 6, dass ich vom 18.03.61 - 17.12.61 in Haft war und meine Sozialversicherung für diese Zeit bezahlt wurde.

Es folgten einige demütigenden Zeremonien. Bei der Abteilung Inneres des Rates der Stadt bekam ich viele „Ratschläge" für mein zukünftiges Verhalten. Man wies mir eine Arbeit bei der Verwaltung des Konsum-Verbandes der DDR zu. Ich hätte sie nicht annehmen müssen, aber ich hatte einfach Angst vor den Fragen, wenn ich mich irgendwo hätte bewerben müssen. Auf dem Parteibüro der Stadt, wo man mich vorlud, teilte man mir mit, dass ich nicht würdig sei, weiterhin Mitglied Partei der Arbeiterklasse zu sein. Sie taten so, als sei das eine Strafe, dabei bin ich heute noch stolz darauf, dass dies bereits 1961 geschah und nicht erst Ende 1989.

Im Konsum-Verband arbeitete ich nur kurze Zeit. Wie lange, weiß ich nicht mehr genau. Ich hatte dort den miesesten Sachbearbeiterposten. Ich bewarb mich bei der Mitropa als Kellner. Nachdem man meine Papiere studiert hatte, stellte der Direktor fest, dass ich für diese Arbeit überqualifiziert sei. Zuerst dachte ich, er wolle mich wegen meiner Haftstrafe nicht einstellen. Es stellte sich aber heraus, dass er mich als Kontrolleur haben wollte, ein Posten für den es wenig Bewerber gab, wie ich allerdings erst zu spät merkte. Das Gehalt sei wesentlich höher, meinte er. Ich war angenehm überrascht und nahm dummerweise das Angebot an. Ich kam im Laufe der Zeit nämlich dahinter, dass mein Gehalt zwar höher als das der Kellner war, dass mich alle aber nur auslachten. Die hatten das Gehalt überhaupt nicht nötig. Sie lebten von den Provisionen, die es bei der Mitropa -einzigartig in der DDR- gab, und vor allem natürlich von den sehr guten Trinkgeldern. Außerdem waren Kontrolleure, die Bezeichnung sagt es, ziemlich unbeliebt. Wer lässt sich schon gerne kontrollieren. Ich hatte, neben dem Erstellen von Dienstplänen, die Abrechnungen der Oberkellner und ihr Bonbuch zu überprüfen, sowie die ordnungsgemäße materielle und finanzielle Übergabe an die nachfolgende Speisewagenbesatzung.

Ich meldete mich also beim Direktor an und bat um Versetzung in den Fahrdienst mit der Begründung, dass er mir die tatsächlichen Verdienstverhältnisse verschwiegen habe. Er dagegen argumentierte, dass Trinkgelder nicht zum Gehalt gehörten, womit er natürlich recht hatte. Deshalb sei meine Forderung unbegründet. Ich konnte momentan dagegen nichts tun, informierte ihn jedoch, dass ich mich damit an das Arbeitsgericht wenden würde. Er nahm das wutentbrannt zur Kenntnis. Ich habe das ignoriert und tatsächlich das Arbeitsgericht eingeschaltet.

Eine späten Abends, bevor das Arbeitsgericht tagte, musste ich einen einlaufenden Zug in Empfang nehmen. Zu meinen Aufgaben gehörte es, das anfallende Pfand-Leergut zu kontrollieren und zu bestätigen. Der Oberkellner füllte dazu ein Formular aus, welches ich als sachlich richtig abzeichnen musste. Das Original ging mit dem Leergut ins Lager, den Durchschlag bekam ich. Beim Gang ins Büro stellte ich fest, dass auf meinem Zettel 1500 Flaschen à dreißig Pfennig, also ein Wert von 450 Mark angegeben war. Ich rekapitulierte in Gedanken und kam auf 150 Flaschen, also 45 Mark. Sofort, noch ehe das Leergut im Lager ankam, rief ich dort an, berichtete von meinem Fehler und bat um Änderung. Dafür hatte ich eine Zeugin, die das Telefonat mithörte. Ich weiß bis heute nicht, ob der Oberkellner beauftragt war mich zu provozieren, oder ob die Kollegen im Lager, mit oder ohne Absicht, den Fehler nicht korrigierten. Ich wurde jedenfalls am nächsten Tag vor Dienstantritt zum Direktor bestellt und wegen versuchten Betrugs fristlos entlassen. Dem Oberkellner, dem ja der „Verdienst" zugute gekommen wäre, und er das Formular falsch ausgefüllt hatte, passierte nichts. Ich kündigte sofort ein weiteres arbeitsgerichtliches Vorgehen an.

Am nächsten Tag klingelte es an meiner Wohnungstür. Der Kaderleiter (Personalchef) stand davor und bat, hereinkommen zu dürfen. Er wolle mit mir reden. Er meinte, der Direktor wolle meinem Fortkommen nicht schaden und habe es sich anders überlegt. Er legte mir ein Schreiben des Direktors vor. Darin stand, dass er, wenn ich entweder selbst kündige oder mit einer Aufhebung des Arbeitsvertrages in gegenseitiger Übereinstimmung einverstanden sei, würde er die fristlose Kündigung zurücknehmen. Ich lehnte ab, steckte aber den Brief des Direktors in meine Tasche. Der Kaderleiter war entsetzt. Er müsse den Brief unbedingt wieder mitnehmen. Jetzt machte ich ihm klar, dass ich mit diesem Brief beim Arbeitsgericht eine Nötigung beweisen könne, was den Staatsanwalt sicher zum Nachdenken bewege. Dem

Mann, der kurz vor der Rente stand, sah man an, dass er ziemlich erschrocken war. Die fristlose Kündigung wurde noch am selben Tag ohne Begründung zurückgezogen.

Den Brief besitze ich heute noch und den Namen des Kaderleiters fand ich meiner Gauck-Akte als einen der acht IM die über mich Berichte schrieben.

Ein paar Tage später wurde ich in das Büro des Direktors bestellt. Eine kleine Sekretärin, nicht der Direktor und nicht der Kaderleiter, teilte mir mit, dass ich ab sofort in den Außendienst versetzt sei. Allerdings nicht als Kellner, da sei im Moment keine Stelle frei. Ich solle zunächst als Schlafwagenschaffner fahren. Die nächste freie Kellnerstelle bekäme ich. Ich war einverstanden, unterschrieb meinen neuen Vertrag, ließ aber durchblicken, dass ich da sehr genau aufpassen würde. Ein paar Wochen später wurde ich als Kellner eingesetzt.

Es begann ein anderes Leben für mich. Nie hätte ich gedacht, das ich eines Tages zwischen Leipzig und Budapest, zwischen Dresden und Varna fremden Leuten das Essen servieren würde. Aber im Voraus gesagt: Mein neuer Beruf hat mir sehr viel Freude gemacht !

Anfangs war mir unbegreiflich, wie ein einzelner Mensch vier Teller (und notfalls mehr) gleichzeitig balancieren, oder eine Tasse Kaffe ohne zu schwappen in einem schaukelnden Zug an einen Tisch bringen, oder eine Forelle am Tisch, vor dem Gast filetieren könne. Später habe ich es auf einer Schule richtig gelernt. Übrigens: Wer sich noch erinnern kann, in den sechziger Jahren war die Mitropa noch eine angesehene Gastronomische Einrichtung.

Die Besatzung eines Speisewagens bestand damals aus sechs Personen. Heute gibt es oft nur noch Bistros mit maximal zwei Arbeitskräften. Der Oberkellner war verantwortlich für die Organisation, der Koch für die Zubereitung des frischen (!) Menüs, die beiden Kellner für das Servieren und den Verkauf in den Abteilen. Dann waren da noch eine Küchenhilfe und ein Mann, oder meistens eine Frau für den Abwasch u.a. Wahrscheinlich aus Tradition hieß sie immer noch „Silberputzer", obwohl es längst kein Silber mehr auf den Speisewagen gab. Der Betrieb unterwegs war bis aufs Kleinste durchorganisiert, und jeder kannte seine speziellen Aufgaben. Es war damals noch üblich, die Speisen von der heißen Edelstahlplatte (beinahe hätte ich Silberplatte geschrieben) zu servieren und dem Gast vorzulegen. Ich kam in ein großartiges Team. Damals hieß das noch Kollektiv. Mein Oberkellner sorgte dafür, dass ich eine vorzügliche Ausbildung bekam, und dass ich die theoretische Seite meines neuen Berufs in der betriebseigenen Schule in Bindow bei Berlin erlernen konnte. Dort war ich mehrere Male während meiner

Ausbildung für einige Wochen. Die Facharbeiterprüfung legte ich im Flughafenrestaurant in Schönefeld ab. Ich musste eine thematisch orientierte Festtafel gestalten, ein fachgerechtes Menü mit den dazu passenden Weinen entwerfen, sowie die Speisenkarte zu einem fiktiven Anlass graphisch gestalten. Außerdem mussten wir an ein paar Tagen die normalen Gäste im Restaurant unter der Aufsicht einer Fachjury bedienen. Ich bezweifle, dass die heutige Ausbildung in diesem Fach noch so umfassend und gut ist. Ich habe ziemlich gut abgeschnitten.

Die Zeit bei der Mitropa war eine der Schönsten in meinem Berufsleben. Allerdings war es eine Knochenarbeit. Manchmal haben wir in einer Schicht so lange gearbeitet, wie andere in der ganzen Woche. Eine Tour Leipzig-Budapest und zurück dauerte mit der Standzeit in Budapest vierundvierzig Stunden. Die Pause in Budapest von drei bis vier Stunden war mit viel Arbeit verbunden. Wir mussten den Wagen wieder herrichten für die Rückfahrt, sauber machen, neu eindecken, Ware in Empfang nehmen, und wir mussten unsere Kartoffeln selbst schälen. Ich glaube, das ist heute undenkbar.

Oder eine Tour mit dem Tourex von Dresden nach Varna/Bulgarien und zurück dauerte eine Woche. Zuerst wurden unsere zwei Speisewagen, da unser Standort ja Leipzig war, nach Dresden geschleppt. Dort mussten wir die gesamte Verpflegung für unsere Reisegruppe und das Personal in Empfang nehmen und natürlich kontrollieren. Die beiden Wagen wurden mit den Küchenseiten zusammengekoppelt. Jeder Koch hatte dann seine eigenen Aufgaben. Täglich mussten vier bis fünfmal Frühstück, eben soviel Mittagessen und Abendbrot hergestellt und serviert werden. Im Zug, der nur von Urlaubern mit Vollverpflegung besetzt war, befanden sich pro Tour etwa 450 Gäste. Da wir jedoch zu den Grenzkontrollen, und das waren immerhin acht, keine Gäste im Wagen haben durften und wir jedes mal Inventur machen mussten, begann das erste Frühstück manchmal um halb sechs, und das letzte Abendessen endete gegen acht Uhr abends. Dann hätten wir eigentlich Feierabend gehabt. Da wir jedoch Provision auf den Umsatz bekamen, veranstalteten wir Parties, „Pußtaabende" oder „Karpatenfeste" mit Unterstützung des Zugfunks, der dann Tanzmusik machte. Da dies die einzige Abwechslung für die Gäste war, gab es großen Zuspruch und es ging oft hoch her. Meist kamen wir dann nicht vor zwei oder drei Uhr ins Bett. Am nächsten Morgen musste jedoch das Frühstück wieder fertig sein. Und das sieben Tage lang.

Wenn wir zwischen den Mahlzeiten mal etwas Zeit hatten, gingen zwei Mann mit ein paar Flaschen Alkohol von Abteil zu Abteil. Es war ja unser Geld. Die Flaschen wurden immer leer, und die Gäste waren froh über jede Abwechslung.

Es war aber nicht alles nur Knochenarbeit. Wir hatten auch viel Spaß miteinander und mit den Gästen. Unser Koch Edgar, wir nannten ihn Eddi, hatte sehr viel Ahnung von seinem Fach. Er war gerade mal ein Meter zweiundfünfzig hoch, und kochte am besten nach der dritten Flasche Bier. Das Angebot bei der Mitropa war damals (!) immer ordentlich und immer frisch (!) zubereitet. Es war natürlich bei der Enge der Küche in seinem Umfang eingeschränkt. Für das Personal kochte Eddi immer was Besonderes.

Da wir oft im sozialistischen Ausland unterwegs waren, konnten wir öfter Sachen kaufen, die es daheim nicht gab, vor allem Obst und Gemüse, das man bei uns nicht mal dem Namen nach kannte. Eddi war ein Spitzenkoch, und aus dieser Zeit habe ich meine Kenntnisse der internationalen Küche, und vor allem habe ich damals meine Liebe für gutes Essen entdeckt. Wer mich kennt, weiß dass man mir das ansieht.

Ich bin stolz darauf, ein guter Gastronom zu sein, und halte das nicht für anmaßend. Ich kann nicht nur ein Bier an den Tisch bringen. Es tut mir leid, dass es heute kaum noch gutes Personal gibt, ein paar renommierte Hotels vielleicht ausgenommen. Fragen Sie heute mal einen Kellner wie das von Ihnen bestellte Gericht zubereitet ist und ob es zum Beispiel für einen Gallenkranken oder einen Diabetiker geeignet ist. Eine Katastrophe wird es, wenn Sie nach dem passenden Wein fragen, oder was das Etikett über den Wein aussagt. Ich habe kürzlich in einer Gaststätte einen sehr guten trockenen Rotwein bestellt. Die Kellnerin warnte mich daraufhin vorsorglich. Er sei „sehr sauer." Eines muss man allerdings sagen: Das Gaststätten- und Hotelpersonal ist heute meist höflicher als zu DDR-Zeiten. Ich habe immer versucht zu den Leuten, mit denen ich mein Geld verdiente, höflich zu sein. Ich war mir nie zu gut für ein freundliches Lächeln oder ein höfliches Dankeschön.

Und: Ich behaupte ehrlichen Gewissens, dass ich nie einen Gast wissentlich übervorteilt habe. Ja, ich habe manchmal meinen Arbeitgeber, die Mitropa, die HO oder das Konsum beschissen. Meistens aus der Notwendigkeit heraus. Das wird heute niemand mehr verstehen können, aber ich will versuchen es verständlich zu machen. Ich hatte zum Beispiel später eigenverantwortlich geführte Gaststätten als angestellter Arbeitnehmer einer staatlichen Institution, wie zum Beispiel den Konsumverband.. Die Ware wurde mir zum Endverbraucherpreis geliefert. Die Gewinnspanne wurde nicht mir, sondern dem Konsumverband gutgeschrieben. Ein Liter Pils kostete im Verkauf in der Preisstufe 2 zwei Mark acht. Zum gleichen Preis wurde es mir in

Rechnung gestellt. Jeder Tropfen, der beim Fassanstich verloren ging oder im Glas zu viel war, fehlte mir bei der regelmäßigen Inventur. Natürlich gab es die Möglichkeit der Abschreibung. Dafür gab es aber keinen Pauschalbetrag, sondern jeder Verlust musste einzeln nachgewiesen werden. Praktisch war das, siehe obiges Beispiel, aber unmöglich und bürokratisch umständlich. Jeden Inventurfehlbetrag musste ich vor dem Hauptbuchhalter vertreten und womöglich selbst bezahlen, konnte sogar dafür bestraft werden. Also habe ich mal zwei Flaschen Wodka gekauft, oder ein Pfund Kaffe, um mit der erwirtschafteten Handelsspanne meine Verluste zu kaschieren. Da bei hatte ich kein schlechtes Gewissen.

Allerdings ist mir bekannt, dass viele Gaststättenleiter sich damit eine goldene Nase verdient haben. Wer meinen Kontostand kennt, wird mir glauben, dass ich nicht dazu gehöre.

Doch halt ! Ein bisschen was muss ich doch noch zugeben. Auch dabei plagt mich kein Gewissen. Ich habe meist in meiner Leipziger und Dresdner Zeit (ich komme darauf zurück) erlebt, dass sich die Partei- und Wirtschaftsbonzen nicht schämten, in die eigene Tasche zu wirtschaften. Vielleicht ist das heute ähnlich. Gerade in der FEMINA, einer bekannten Leipziger Nachtbar, fanden sich oft VEB-Direktoren, Parteifunktionäre und ähnliche Spezies zu „Geschäftsessen", sprich Saufgelagen auf Betriebskosten ein. Nun, ich konnte es schlecht verhindern, auch wenn es mir angestunken hat. Nicht selten kam dann die Forderung, den Schampus als Filetsteaks zu auszuweisen, oder überhaupt die Rechnung höher auszustellen. Das fieseste jedoch war, wenn der Herr Direktor forderte, eine Flasche Cognac und/oder eine Stange Zigaretten für den „Kraftfahrer" draufzulegen. In diesem Fall habe ich dann immer freundlich gebeten, den Mann selbst zu mir zu schicken. Ich habe nie einen gesehen.

Besonders habe ich mich geärgert, wenn diese Leute regelmäßig dem Kellner misstrauten und ihm Betrugsabsichten unterschoben. Bei Getränken zum Beispiel die im Kühler serviert wurden, hatten wir ausgemacht, um Fehler zu vermeiden, die Korken in den Kühler zu legen. So konnte der Gast, sowie der Kellner leicht kontrollieren, ob die Rechnung korrekt war. Das Anstreichen am Platz auf einem Zettel oder einem Bierfilz ist in einer guten Gaststätte unangebracht, sozusagen aus „Datenschutzgründen". Da war zum Beispiel einmal eine Herrengesellschaft von acht Personen. Bestellt war der Tisch als Hauptbuchhaltertreffen des Kombinats x.. Einer strich jede Flasche Sekt auf seiner Zigarettenschachtel an. Das war von vornherein Unsinn, da immer einige der Herren an einer Bar saßen oder mit den anwesenden

Stadtschönen tanzte. Bestellt hat immer wieder eine anderer, wenn er mal zufällig am Tisch war. So etwas gab erfahrungsgemäß immer wieder Differenzen bei der Abrechnung. Ich versuchte es dem Herrn zu erklären. Man solle zum Beispiel entscheiden, dass nur ein einzelner zur Bestellung berechtigt sei, oder einfach dem Kellner trauen. Das empörte natürlich den Anstreicher. Ich machte ihn darauf aufmerksam, dass seine Buchhaltung schon jetzt nicht stimme. Oh Gott, war der Mann sauer. Er habe genau gezählt, und ich solle ja nicht versuchen, ihn zu betrügen, er kenne sich da genau aus., von wegen Datum dazurechnen und so was. Mensch hielt der mich für dumm, oder besser kriminell. Ich machte ihn darauf aufmerksam, dass am Tisch nicht sechs, sondern erst fünf Flaschen serviert worden seien. Da wurde er bleich und er entschuldigte sich sogar. Ich solle einen Weinbrand auf seine Kosten trinken. Ich bedankte mich. Es war dann kein Problem zwei Korken mehr in den Kühler zu lancieren. Da fällt mir ein Vers ein, er könnte von Ringelnatz sein. Ich weiß es aber nicht genau: Eine Dame spuckte in den D-Zug gang, rutschte drauf aus und brach sich ein Bein. Strafe muss sein ! Die Rechnung wurde ohne Diskussion bezahlt. Wenn der Mann das zufällig lesen sollte: Ist verjährt.

Aber noch arbeitete ich ja als Mitropa Kellner. Ich will das mit einer kleinen Geschichte abschließen. Wenn wir den Tourex nach Varna fuhren, kamen wir dort um acht Uhr früh dort an und fuhren zwölf Stunden später zurück. Die Wagen wurden dort von ein paar Bulgarinnen gereinigt und auch die Betten neu bezogen, sodass von uns nur eine Aufsicht am Zug bleiben musste. Die meisten legten sich für ein paar Stunden ins Bett oder zum Schlafen an den Strand des Schwarzen Meeres. Von vierzehn bis sechzehn Uhr verkauften wir auf dem Bahnsteig gegen Mark Getränke, Schokolade und anderes an die Urlauber, die vor acht Tagen hier angekommen waren und, DDR-üblich, nur wenig Geld in bulgarischer Währung besaßen. Das sprach sich bei jeder Reisegruppe herum. Wir machten einige Tausend Mark Umsatz bei diesem, na ja - etwas illegalem Verkauf. Gegen achtzehn Uhr fanden sich dann die meisten Teammitglieder im Bahnhofsrestaurant ein, um ein Glas Wein oder Bier zu trinken und eine Kleinigkeit zu essen. An diesem bewussten Tag war ein Kellner dabei, der Banjo spielte und wir sangen schmutzige Lieder zur Laute. In kurzer Zeit saßen alle Bulgaren um unseren Tisch herum und sangen auf bulgarisch mit, soweit die Melodie bekannt war. Eddi, unser Koch, war immer zu einem Späßchen bereit. Er nahm seine Kochmütze vom Kopf und ging zum Spaß sammeln. Zu unserer Überraschung warfen die Leute eine ganze Menge Leva in die Mütze und wir amüsierten uns köstlich. Bis Bad Schandau.

Da kam nämlich für alle die Grenzkontrolle und für das Personal persönlich ein weiblicher Leutnant mit sehr unzufriedenem Gesicht. „Wer hat Banjo gespielt ? Wer hat gesammelt ? Wer war alles dabei ?", fragte sie streng. Sie schrieb alle Namen auf und verfasste einen Bericht an unseren Direktor. Irgend einer der Gäste hatte anscheinend gepetzt. Wir mussten beim Chef antanzen, die Pässe abgeben und bekamen eine Standpauke. Das Ansehen der Deutschen Demokratischen Republik hätten wir bei unseren bulgarischen Freunden geschädigt. Kleiner hatte er es nicht. Drei Monate durften wir nicht ins Ausland fahren. Das traf vor allem unseren Geldbeutel.

Ich hatte inzwischen in Bindow bei Berlin die Prüfung für meinen Facharbeiterbrief abgelegt und dort hatte ich eine junge Frau kennen gelernt. Wir hatten uns verliebt, und da ich viel unterwegs war konnten wir uns oft sehen. Sie arbeitete auf der „MS Warnemünde" als Stewardess, der Eisenbahnfähre von Rostock nach Gedser. Immer wenn ich mit dem Speisewagen nach Rostock kam, konnten wir uns sehen. Da sie nur ausländische Gäste bediente, hatte sie eine Menge Westgeld, die sie im Intershop oder im Basar ausgeben konnte. Sie hatte also immer einen guten Cognac oder Whisky und amerikansiche Zigaretten im Haus, aber ich schwöre, das war nicht der Grund für meine Besuche. In meiner Stasi-Akte las ich dann später: „Der S. Hat eine Verbindung aufgenommen zu einer Stewardess auf der Schwedenfähre. (Die Fähre fuhr allerdings nach Dänemark, was die Spitzel anscheinend nicht unterscheiden konnten.) Von ihr wird S. mit NSW-Zigaretten, ausländischem Alkohol und Nylonhemden versorgt. Die Stewardess M.R. wurde überprüft. Negativ !"

Die Affäre kam zu einer Zeit, als meine Ehe bereits zerbrochen war. Ich konnte meine Ehefrau dazu überreden, nach Offenbach zu ihren Eltern zu fahren und dort zu bleiben. Das war möglich weil sie als Rentnerin (ich habe bereits darüber berichtet) nach Westdeutschland reisen durfte. Unseren Sohn hofften wir, auf dem Weg der Familienzusammenführung nachschicken zu können. Das klappte allerdings nicht. Die Ehe wurde dann geschieden und ich heiratete die Stewardess. Davon wieder später.

Ich sagte bereits, dass wir uns auf der Mitropa Fachschule in Bindow kennen gelernt hatten. Wir waren dort in Zweierzimmern untergebracht. Kontakt der Herrenzimmer zu den Frauenzimmern und der Genuss von Alkohol waren verboten. Eines abends war ich trotz des Verbotes mit meinem Zimmerkollegen auf dem Zimmer meiner späteren Frau und ihrer Kollegin, die auf der „MS Saßnitz" arbeitete. Der Heimleiter war eigentlich ein netter, älterer Herr, aber ein kleiner Spanner. Er hatte die Angewohnheit, gegen zweiundzwanzig Uhr die Zimmer und hauptsächlich die Frauenzimmer zu inspizieren. Er konnte immer damit rechnen, die Mädels in der Nachtwäsche oder auch ohne diese zu erwischen. Die hatten das natürlich längst bemerkt und zogen sich deshalb besonders attraktiv an, beziehungsweise aus. Meist schob er nur lüstern den Kopf ins Zimmer.

Heute kam er jedoch schon gegen halb neun. Wir kamen nicht mehr raus. Und heute ging er ausgerechnet ins Zimmer hinein. Mein Kollege duckte sich hinter den Schreibtisch, der quer in einer Ecke stand. Mir blieb nichts anderes übrig als ein Satz in den legendären Kleiderschrank. Zu meinem Pech war er aber zehn Zentimeter niedriger als ich groß war. Ich stand ziemlich unbequem mit eingeknickten Knien und schwitzte schrecklich. Und der Mann redete und redete. Ich weiß nicht wie lange, aber wäre er nur eine Minute länger geblieben, ich wäre ohnmächtig aus dem Schrank gefallen.

Als er endlich gegangen war mussten wir lange darüber lachen, obwohl mir eigentlich gar nicht danach zumute war. Die andere Frau im Zimmer hieß zwar nicht so, ließ sich aber von jedem Lola nennen, las schmutzige Witze aus einem Notizbuch vor. Sie hatte brandrot gefärbte Haare mit einer großen Lila Schleife, was damals als Provokation gemeint war, war attraktiv und intelligent aber spindeldürr. Sie bestellte im Landgasthof immer recht laut ein Wasserglas Rum, und sie wäre ein eigenes Buch wert.

Die beiden konnten zehn Männer unter den Tisch trinken und hatten immer ein Fläschchen griffbereit. Auf dem Schiff war es Sitte, wenn nicht viel zu tun war, beim Häkeln und Skatspielen Alkohol zu vernichten. An diesem Tag in Bindow gab es zu Feier des Tages hochprozentigen „Captain Morgan" Rum. Ich war kaum Alkohol gewöhnt. Aus Zahnputzbechern tranken wir mehr als zwei Flaschen von dem Zeug. Mein Kollege war genau so besoffen wie ich. Die beiden Mädels gingen noch Handwäsche waschen. Nachdem ich eingeschlafen war, merkte ich dass mir hundeübel wurde. Ich sauste aus dem Zimmer und rannte den langen Flur entlang, der mit einem roten Kokosläufer ausgelegt war, zum Duschraum. Ich merkte zu spät, dass ich in die falsche Richtung gelaufen war, drehte auf dem Absatz um und der Läufer rutschte unter mir weg. Niemand kann sich vorstellen, wie viel man kotzen kann nach der Menge Rum, die wir konsumiert hatten. Alle Türen gingen auf, und später berichtete man mir, dass alle Kolleginnen und Kollegen schadenfroh gegrinst hatten. Unsere beiden Angebeteten halfen mir, den Dreck halbwegs weg zu machen. Das muss man können, wenn man Kellner ist, und eine Stewardess ist ja nichts anderes. Dann zogen sie mir den Schlafanzug aus und schrubbten mich unter Dusche einigermaßen nüchtern. Ich stellte mir den Wecker sehr früh und wartete auf die Putzfrau. Der gab ich einen ordentlichen Schein damit sie den Rest säubere. Und ich bat sie um Diskretion.

Die Frau des Heimleiters war für die Küche verantwortlich. Beim Frühstück kam sie an meinen Tisch und sagte ziemlich laut: „Junger Mann ! Und wenn Sie hundert Mark hinlegen, meine Leute sagen mir trotzdem, wer auf den Teppich gekotzt hat." Sprachs und verlor nie wieder ein Wort darüber. Fand ich Klasse. Meinen Facharbeiterbrief habe ich trotzdem mit der Note gut geschafft.

Die Fahrerei bei der Mitropa hatte jedoch auch einen nicht vorhersehbaren Nebeneffekt. Man wurde von dem ganzen Politik- und Gewerkschaftstheater so ziemlich verschont. Entweder wir waren unterwegs, wenn wieder mal eine Versammlung angesagt war, oder wir konnten uns rausreden mit der anstrengenden letzten Tour. Das ging ganz gut, Später habe ich gemerkt, dass das auch bei der stationären Gastronomie so lief.

Ich sagte bereits, dass meine Frau im Westen geblieben war. Damals habe ich dann wieder ganze Tage bei der Stasi verbracht. Man machte mir den Vorwurf, dass ich von ihrer Absicht gewusst habe und damit Beihilfe zur Republikflucht geleistet hätte. Ich gab dies auch zu, bestand aber darauf, dass ich nicht vor einem Gericht aussagen würde, da ich als Ehemann nicht dazu verpflichtet sie. Nach einiger Zeit ließ man mich dann in Ruhe. Wie abgesprochen habe ich dann die Scheidung eingereicht. Das zog sich aber über mehr als zwei Jahre hin.

Ich musste mir einen Anwalt in Leipzig nehmen. Der hat meine Einlassungen schriftlich an den Berliner Anwalt Dr. Vogel weitergeleitet. Dieser schickte Kopien davon an einen Westberliner Rechtsanwalt und der wieder an den Vertreter meiner Frau in Offenbach. Die Antwort meiner Frau ging dann den umgekehrten Weg. Das passierte dann im Laufe der Zeit mehrere Male, obwohl es keinerlei strittige Punkte gab. Dadurch wurde nicht nur viel Zeit vertrödelt, sondern auch die Kosten liefen damit aus dem Ruder. Schließlich wurde ich Anfang 1970 geschieden. Im Urteil wurde meiner Frau die „Republikflucht" übel angekreidet, was sie wahrscheinlich nicht all zu sehr bedrückte. Sie wurde dazu verpflichtet alle Kosten zu tragen. Wir hatten jedoch im Stillen vereinbart, dass ich die Kosten übernehme. Es wäre mir auch nichts anderes übrig geblieben, denn dann kam der Witz: Ich bekam einen Brief vom Gericht, in dem mir mitgeteilt wurde, dass zwar meine Frau zur Kostenübernahme verurteilt sei. Man hätte aber keine Handhabe, das Geld einzutreiben. Ich sei daher verpflichtet zu zahlen. Meine Auslagen könne ich dann über eine Privatklage wieder einfordern. Auch eine Logik. Na ja, es hat mich eine ganze Menge gekostet.

Über den Rechtsanwalt Vogel habe ich versucht meinem Sohn die Ausreise per Familienzusammenführung zu ermöglichen. Ich bekam einen Termin in seiner berliner Praxis. Die Konsultation, wegen der ich extra nach Berlin fuhr, war nach fünf Minuten beendet. Er fragte mich zuerst nach meiner persönlichen, finanziellen Situation. Als ich ihm auf seine direkte Frage mitteilte, dass ich kein Haus oder andere Grundstücke besitze, hat er mich nach einer Anstandsminute wissen lassen, dass er keine Möglichkeit einer legalen Ausreise sehe.

Leider hat mein Sohn die Scheidung seiner Eltern nicht gut verkraftet, und obwohl ich mir alle Mühe gab, entglitt er mir. Er hat dann, mutiger als ich, offen gegen den Staat rebelliert und wurde später, beim Versuch eines illegalen Grenzübertritts in der damaligen CSSR (Tschechien) verhaftet und in Dresden verurteilt, ohne dass ich überhaupt davon unterrichtet wurde. Später wurde er von der Bundesrepublik freigekauft. Es gab dann noch ein paar Briefwechsel zwischen uns. Er bat mich seine Fotos, Notiz-und Adressbücher zu schicken, was ich auch tat. Danach hörte ich nichts mehr von ihm. In meiner Gauck-Akte fand ich später den Vermerk, dass dieses Paket mit „wahrscheinlich verschlüsseltem Inhalt" ohne Bekanntgabe eingezogen worden sei. Sicher dachte mein Sohn, dass ich seiner Bitte nicht entsprochen habe. Vorher hatte er mir noch mitgeteilt, dass er geheiratet habe und beabsichtige mit seiner Frau demnächst nach Kenia zu gehen. Die Verbindung brach wie gesagt ab, und trotz meiner Bemühungen nach der Wende ist mir über seinen Verbleib nichts bekannt.

Am 30.April 1970 habe ich wieder geheiratet. Wir hatten jedoch nicht daran gedacht, dass dies der Tag vor dem 1.Mai war. Ohne meine guten Beziehungen wäre es unmöglich gewesen, einen Hochzeitsstrauß zu bekommen. Nur zu viert haben wir im damaligen Interhotel Deutschland gefeiert. Da ich jedoch bei den Leipziger Kellnern und Musikern bekannt war wie ein bunter Hund, kam mich die Sache teurer, als hätte ich dreißig Gäste eingeladen. Das war es mir aber wert.

Noch vor meiner Scheidung hatte meine jetzige Frau ihrem Job auf der Fähre aufgegeben, der ihr ja immerhin gutes Geld und eine Menge Devisen einbrachte. Da sie aber nun in Leipzig statt in Saßnitz wohnte, musste sie immer die fünfhundert Kilometer - sie arbeitete immer eine Woche und hatte dafür die andere Woche frei - hin und wieder zurück fahren. Damit wir mehr Zeit für uns haben konnten, habe ich ebenfalls bei der Mitropa gekündigt und begann in der Nachtbar FEMINA zu arbeiten. Sie arbeitete jetzt als 1.Mixerin in der Pinguin Milchbar am Leipziger Markt. Da waren wir aber vom Regen in die Traufe gekommen, denn mein Frau ging früh am Morgen zur Arbeit, während meine Schicht erst um neunzehn Uhr dreißig begann. Sie begann zu arbeiten, wenn ich mich gerade ins Bett gelegt hatte.

Als wir das nach ein paar Jahren satt hatten, baten wir in unserer Verwaltung um einen neuen Job. Man machte uns den Vorschlag, auf der Insel Usedom eine Saisongaststätte für den Sommer zu übernehmen. Der Betrieb hatte sich verpflichtet, die Saisonbewirtschaftung zu garantieren. Dafür bekäme er zusätzliche Urlaubsplätze auf der Insel. Da man uns zusagte, das Küchenpersonal und ein Büfettehepaar mitzuschicken, - Kellner müssten wir uns selbst vor Ort suchen - haben wir das Angebot angenommen. Das waren aber nur leere Versprechungen. Den Küchenleiter habe ich mir dann in letzter Minute selbst gesucht. Als Köchin wurde mir ein junges Mädel mitgegeben, das gerade ihre Ausbildung beendet hatte und keinerlei praktische Erfahrung besaß. Das Büfettehepaar war längst im Rentenalter und entsprechend behäbig und langsam. Ich fand auf Usedom zwei ungelernte Kellner, die ihre Arbeit recht und schlecht machten, sich aber Mühe gaben, sowie einen Kellner aus Berlin, der sehr gut arbeitete, wenn er nüchtern war. Leider war er das oft nicht.

In Leipzig hatte man mir nur gesagt, es sei eine mittelgroße Gaststätte mit etwa sechzig Plätzen, die direkt am Strand liege. Als ich hinkam, sah ich, dass es etwa noch mal so viele Terrassenplätze gab. Am Tag unserer Ankunft meldete sich eine Frau, die sich als Mitarbeiterin des FDGB-Feriendienstes vorstellte und mir bekannt gab, dass ich täglich rund fünfzig Feriengäste mit Frühstück, Mittagessen und Abendbrot zu versorgen habe. Danach kam ein junger Mann, der mir mitteilte, er sei der Leiter einer kleinen Band, die viermal wöchentlich bei mir Tanzmusik mache.

Ich will es kurz machen. Vor dem Frühstück erledigte ich die Abrechnung des Vortages und machte meine notwendigen Bestellungen. Dann musste ich das Frühstück eindecken und servieren. Mittags haben mich dann die Kellner unterstützt. Gleich danach begann das Kaffeegeschäft auf hundertzwanzig Plätzen und darauf das Abendbrot. Zu den Urlaubsgästen des FDGB kamen immer noch etwa hundert Laufgäste dazu. Nach dem Abendbrot wurde für eine halbe Stunde geschlossen, das Lokal aufgeräumt und eine Tanzfläche freigemacht. Danach ging der Tanzabend los bist etwa nachts um eins. Meine Frau half ebenfalls beim Frühstück und beim Mittagessen. Danach übernahm sie das Kuchenbüffet einschließlich

Straßenverkauf und half wieder beim Abendbrot. Dann saß sie an der Kasse, verkaufte Eintrittskarten für den Tanzabend und übernahm später die Bar. An den drei Tagen, wo nicht getanzt wurde, lief das normale Abendgeschäft. Und immer wieder waren Unmengen Geschirr, Besteck und Gläser zu spülen und zu polieren. Ohne Maschine, mit der Hand. Jeder wird mir glauben, dass wir heilfroh waren, als die Saison vorbei war. Bei unserer Anreise hatten wir über unsere Vorgänger geschimpft, die anscheinend die Gaststätte fluchtartig verlassen hatten, als der letzte Gast zur Tür hinaus war, Ich denke mal, mein Nachfolger hat mich genau so verwünscht.

In Leipzig kamen wir gerade noch zur Messe zurecht. Natürlich hatte ich mich gefreut, die lukrative Stelle in der FEMINA wieder zu bekommen. Daraus wurde jedoch nichts. Man schickte mich in ein kleines Hotel in der Nordstraße. Ich hatte eine Stinkwut. Es stellte sich aber schnell heraus, dass ich damit den Hauptgewinn gezogen hatte.

Das Hotel hatte nur wenige Zimmer und ein geräumiges Apartment. Die Gäste waren ausnahmslos wohlhabende Geschäftsleute, die seit Anbeginn nach dem Krieg zur Leipziger Messe kamen, und denen die neuen, protzigen Interhotels zu unpersönlich waren und deshalb diesem alten Bau treu blieben. Außerdem war es hier einfacher gute Geschäfte abzuwickeln als in den von der Presse belagerten Großhotels.

In dem Apartment zum Beispiel logierte seit Jahren ein fetter, schmierig wirkender, Holländer. Ein Diamantenhändler aus Amsterdam. Er bewirtete immer eine Menge Gäste, meist hübsche junge Mädels und hatte stets extravagante Wünsche, die jedoch ausnahmslos erfüllt wurden. Dann waren da noch zwei Juniorchefs einer weltbekannten Rasierklingendynastie, mit ihrem alten, etwas senilen, Vater, der aber trotzdem die Hosen anzuhaben schien. Um das ein bisschen anschaulicher zu machen, möchte ich eine kleine Episode mit ihm erzählen. Vorauszuschicken ist allerdings, dass vor mir seit Urzeiten ein Kellner in dem Hotel arbeitete, der von allen Gästen nur mit dem Vornamen angesprochen wurde.

Ich war der alleinige Kellner in diesem Haus, in welchem nur zum Frühstück und zum Abendessen ein Service angeboten wurde. Danach war nichts zu tun, da die Gäste auf der Messe waren und sich dort auch verpflegten. Ich konnte in der Zwischenzeit nach Hause gehen, hatte aber auch ein kleines Dienstzimmer, wo ich mich aufhalten konnte. Gleich am ersten Tag kamen die beiden Juniorchefs zu mir und teilten mir mit, dass der Senior am nächsten Tag eintreffen würde. „Bitte seien Sie sehr zuvorkommend zu ihm, er ist ein bisschen eigenartig."

Ich versprach es. Und als ich am nächsten Tag vor dem Hotel stand und eine Zigarette rauchte, fuhr ein schwarzer Mercedes vor, dem ein livrierter Chauffeur entstieg, der um den Wagen sauste, um einem spindeldürren, älteren Hagestolz die Tür zu öffnen. Ich machte einen artigen Diener und begrüßte ihn im Namen des Hauses.

Er sah musterte von oben bis unten. „Wer sind Sie ?", fragte er missbilligend. Ich sagte ihm höflich, dass ich der Kellner sei. „Wo ist Fritz ?", wollte er wissen. Er meinte meinen Vorgänger. Ich teilte ihm mit, Fritz sei vor drei Wochen verstorben. „Ausgerechnet zur Messe", schnarrte er unzufrieden. Ich half dem Fahrer beim Transport der Koffer in den ersten Stock. „Wo sind meine jungen Leute ?", wollte der neue Gast wissen. Und ich sagte ihm, dass ich das nicht wisse. „Das haben Sie immer zu wissen", meinte er. „Ich werde den beiden zum wiederholten Male klar machen, dass sie sich bei Ihnen abzumelden haben !"

Tatsächlich informierten die beiden mich dann jeden Tag, wie sie wann und wo zu erreichen seien. Es geht eben nichts über Disziplin.

Gleich am ersten Abend bekam ich einen riesigen Schreck, als sich der Gastraum leerte, obwohl nur zwei oder drei Gäste bezahlt hatten. Auf meiner Registrierkasse stand jedoch eine ansehnliche Summe. Auf meine Frage erklärte man mir am nächsten Morgen es sei bei „Fritz" üblich gewesen, die Gesamtrechnung erst am Ende der Messe, vor der Abreise zu bezahlen. Ich nehme mal an, dass Fritz dabei nicht schlecht verdient hatte. Ich beglich dann die tägliche Abrechnung mit dem Geld, das ich von meinem eigenen Konto abgehoben hatte. Ich schwöre, dass ich die Schlussrechnung nicht manipuliert habe, obwohl das ohne weiters möglich gewesen wäre. Mir war das jedoch zu riskant, und zum anderen widerstrebte es meiner Moral. Ich will aber zugeben, dass die Trinkgelder so hoch waren, wie ich es nie vorher oder nachher erlebt habe.

Nach der Messe wurde ich in ein Hotel versetzt, welches ziemlich schäbig war. Noch schäbiger war allerdings der Hotelleiter. Ich bin ganz schnell mit ihm aneinander geraten, und nach einer Beschwerde bei meiner Verwaltung, wurde ich in die Tanzbar EDEN in der Petersstraße versetzt. Hier gab es jeden Abend ein Varietéprogramm, und wenn ich in der FEMINA viele Schauspieler und Politiker kennen gelernt habe, so waren es hier bekannte Musiker, Kabarettisten und Unterhaltungskünstler. Der netteste, das wird jeder bestätigen der ihn kannte, war O.F.Weidling., der leider so früh verstarb.

Meine Frau konnte auch dort anfangen und endlich hatten wir mal eine gemeinsame Arbeitszeit. Sie verkaufte die Eintrittskarten und half an der Bar aus, wenn es sich ergab. Kurz nachdem ich dort angefangen hatte, gab es eine fürchterliche Prügelei zwischen westdeutschen Chaoten und Leipziger Barbesuchern. Es gab Verletzte und sogar zwei Schwerverletzte. Die Beteiligten wurden zu empfindlichen Freiheitsstrafen verurteilt, und wir hatten alle Angst als die Entlassungen bevorstanden. Sie war jedoch unbegründet. Es passierte nichts.

Irgendwann hatten wir die Nachtarbeit satt. In einer Zeitung stand eine große Annonce, in der Personal gesucht wurde für eine Gaststätte in einem Barockschloss. Es war im Barockgarten in Heidenau.

Wir bewarben uns und es wurde vereinbart, dass wir am 15. Mai 1970 anfangen sollten. Wir kündigten zum 30. April und machten noch vierzehn Tage Urlaub. Als wir am 15. Mai an unserem neuen Arbeitsort ankamen, war dort nur eine wüste Baustelle. Vor allem war die Personalwohnung, die man uns versprochen hatte noch nicht mal verputzt. Der Chef sauste im ganzen Dorf herum, um für uns wenigstens eine Schlafstelle zu finden. Nach langen Verhandlungen mit einer misstrauischen alten Dame, zogen wir bei einem älteren Ehepaar ein, das uns das Zimmer ihres Sohnes freimachte, der zu dieser Zeit seinen Wehrdienst leistete. Es war ziemlich eng und unbequem, aber es stellte sich heraus, dass wir an sehr liebe Menschen geraten waren, und wir fühlten uns fast wie zu Hause. Zu der Frau haben wir noch heute einen guten Kontakt, der Mann ist leider vor drei Jahren im hohen Alter verstorben. Wir lernten später auch den Sohn kennen. Er ist heute verheiratet und meine Frau übernahm die Patenschaft über dessen Tochter, die inzwischen eine hübsche junge Dame geworden ist und mit ihrem Freund eine eigene Wohnung hat. (Hallo Claudia !) Mit ihren Eltern haben wir, trotz des Altersunterschieds von mehr als zwanzig Jahren, und obwohl unsere Ehe längst auseinander ging, eine gute Freundschaft. Ab und zu besuchen wir uns gegenseitig.

Bis zur Fertigstellung der Gaststätte im Barockgarten, verkauften wir in dem weitläufigen Parkgelände Getränke und anderes an einem provisorischen Stand. Zu den Parkfesten verkauften wir Ochse am Spieß, und es war ganz romantisch, wenn hinter uns der Grill flackerte und ein riesiger Ochse sich drehte, bis er schön knusprig war.

Die Gaststätte war über die Verwaltung schlecht organisiert. Eine verrückte Architektin hatte die Einrichtung entworfen. Sie war wunderschön. (Die Einrichtung, nicht die Architektin !) Im Parterre gab es den „Blauen Salon" mit geflochtener Korbdecke und handbedruckten blauen Gardinen, nebenan den so genannten „Gartensaal" mit einem herrlichen Ausblick über den Park. Im ersten Stock hatte man den „Roten Salon" eingerichtet mit riesengroßen, Spiegeln in weiß-goldenen Rahmen und zierlichen, weißen Barockmöbeln. Die „Weinstube" nebenan war vollständig in braunem Samt gehalten. Sogar die Stühle und Sofas, die Wände wie auch der Fußboden waren mit braunem Samt bezogen. Nach kurzer Zeit allerdings war der Boden mit Flecken und Brandlöchern verziert.

Genau so unpraktisch waren die Räume für das Servicepersonal konzipiert. Es gab nur winzige Verschläge für die Vorbereitung, das Office wie das in der Gastronomie heißt. Im ersten Stock gab es nicht mal einen Bierzapfhahn, weil die irre Architektin die Idee hatte, dort kein Bier zu servieren, sondern nur Wein und Alkoholfreies. Und das in Sachsen ! Jeder kann sich vorstellen was das für Ärger mit den Gästen gab bis wir dann kurzerhand Flaschenbier servierten, allerdings auf Kosten des Platzes in unserem Office. Es gab dort gerade mal einen Stuhl für vier oder fünf Mann Personal, das nicht selten zwölf Stunden in diesem Raum zubringen mussten. Dort mussten nun auch noch die Bierkästen gestapelt werden.

Genauso belämmert war es mit dem Personal bestellt. Der Gaststättenleiter hatte noch niemals eine Gaststätte vom Tresen aus gesehen. Seine Frau, deren Kompetenz innerhalb der Gaststätte nie zu erfahren war, hatte Schuhverkäuferin gelernt. Nebenbei soll sie mal irgendwo getanzt haben, was sie nie zu erwähnen vergaß. Beim Personal hieß sie nur auf echt sächsisch die „Huppdohle". Die Küchenleiterin hatte vorher in einer Betriebskantine gearbeitet und war vom Gaststättenbetrieb vollkommen überfordert. Da war aber noch eine junge Köchin, die wirklich was drauf hatte, aber nur die zweite Geige spielen durfte. Von den Kellnern hatten nur meine Frau und ich, sowie ein junger Mann, das Geschäft gelernt. Dann gab es noch ein paar Assoziale, von denen zwei gleich am ersten, regulären Öffnungstag versuchten, die Gäste zu betrügen. Da dies jedoch anlässlich der Eröffnungsfeier geschah, die der Bürgermeister bezahlte, erregte das natürlich helle Aufregung. Einen unserer damaligen Kollegen muss ich allerdings noch erwähnen: Werner ! Den Familiennamen will ich hier lieber nicht erwähnen. Er war studierter Lehrer, musste aber den Beruf aufgeben, da er seine Schülerinnen über alles liebte. Danach war er in einem bekannten Produktionsbetrieb Kranfahrer, und half bei uns anfangs nur an den Wochenenden aus. Er war ein liebenswerter Filou, der es in der ganzen Zeit in der ich mit ihm zusammen arbeitete, fertig brachte, sich von den Vor-und Nachbereitungszeiten zu drücken. Wie, weiß ich heute noch nicht. Er kam immer erst, wenn der ganze Saal eingedeckt war, und wenn es ans Gläserspülen und polieren ging, war er wieder verschwunden. Seine Ausreden zeugten von kreativer Phantasie. Er hatte jedoch die Gabe, mit jedem umgehen zu können. Er bediente den Minister vorzüglich und konnte aber auch mit Bauarbeitern reden. Seine großen Tage hatte er, wenn zum Beispiel am Frauentag die ganze Bude mit Frauen besetzt war. Die jungen wollten alle mit ihm ins Bett, wie er glaubte, die älteren hätten ihn am liebsten adoptiert, oder zum Schwiegersohn gehabt.

Der Betrieb schickte ihn dann an eine Abendschule, bei der er seinen Facharbeiterbrief nachholen sollte. Ich haben kein Buch geführt, aber ich glaube, die Hälfte der Schulzeiten hat er geschwänzt. Ich weiß, dass er nie eine Abschlussarbeit geschrieben hat, trotzdem ist er ein ausgezeichneter Kellner geworden, und vor kurzem haben ich ihn wieder getroffen. Er ist Restaurantleiter im Dresdner Haus einer internationalen Hotelkette. Ein sehr distinguierter Herr mit grauen Schläfen. Viel Glück Werner.

Unser Gaststättenleiter im Barockschloss machte es nicht lange. Er gab immer freigiebig dem Personal Runden aus und anscheinend bediente er sich selbst auch freigiebig. Jedenfalls wurden bei Inventuren große Minusdifferenzen festgestellt. Eine Anzeige gab es aber nicht. Anscheinend konnte man nichts beweisen. Aber dann kam etwas, was nur im „real existierenden Sozialismus" denkbar war. Er wurde fristlos entlassen, musste jedoch noch so lange bleiben, bis ein Nachfolger gefunden war. Und das dauerte eine ganze Weile. Auch die letzte Inventur brachte ein erhebliches Minus. Gott sei dank hatte ich durchgesetzt, dass ich die erste Etage in eigener Regie und Haftung übernehmen konnte.

Im Überstunden verteilen war er Klasse. Wir hatten viele Hochzeiten und Familienfeste. Das Ambiente war dafür wie geschaffen. Dann stand auf dem Dienstplan zum Beispiel: Kellner A von 10.00 - 23.00 Uhr, Kellner B von 10.00 - 24.45 (!) Uhr. Ebenso großzügig war er bei der eigenen Arbeit Manchmal hat er acht Arbeitsstunden, acht Überstunden und acht Pauschalstunden pro Tag für sich abgerechnet. Keiner hat es gemerkt. Mit der Verwaltung bekamen ich und meine Frau Ärger, weil sie *unsere* Überstunden, die wir tatsächlich in hoher Zahl geleistet hatten, nicht bezahlten wollten. Meine Frau und ich haben auf der Stelle gekündigt.

Wir bekamen sofort wieder Arbeit. Ich begann in Dresden in der Nachtbar SEKUNDOGENITUR auf der Brühlschen Terrasse als Restaurantleiter. Meine Frau ging in die Milchbar Weiße Gasse als Mixerin. Damit wir unsere Arbeitszeit wieder gemeinsam hatten, ließ ich mich kurze Zeit später in den Service als Kellner versetzen und meine Frau übernahm den Posten der Restaurantleiterin in der Nachtbar. Es war eine angenehme Arbeit und insgesamt eine schöne Zeit, aber die Fahrerei jeden Tag von Heidenau nach Dresden schlauchte ganz schön. Schließlich mussten wir gegen 18.00 Uhr wegfahren, um 19.00 Uhr den Dienst beginnen. Um 3.00 Uhr in der Früh hatten wir Feierabend und kamen selten vor 5.00 Uhr nach Hause. Das ging ganz schön über die Knochen. Nach zwei Jahren haben wir dann aufgegeben.

Mir wurde in Heidenau, gleich gegenüber meiner Wohnung eine Eckkneipe angeboten, die ich dann auch übernahm. Bevor ich jedoch weiter schreibe, muss ich noch erzählen, wie ich zu dieser Wohnung gekommen bin.

Das Dienstzimmer, das wir Ende Juli im Barockschloss beziehen konnten war sehr schön, auf die Dauer jedoch ein bisschen klein, um darin ständig zu wohnen. Außerdem musste ich ja weiterhin für meine Wohnung in Leipzig Miete bezahlen und ab und zu auch mal nach dem Rechten sehen. Also hängte ich im Heidenauer Rathaus eine Annonce aus, um einen Tauschpartner für meine Leipziger Wohnung zu finden. Sehr schnell meldete sich ein junger Mann bei mir, der zum Tausch bereit war. Wir vereinbarten einen Termin in Leipzig, und ich sah mir seine Wohnung in Heidenau an. Ich war ein bisschen konsterniert, als ich dort kaum Möbel sah. Es gab nur Regale aus ungehobelten Brettern, sowie ein Klavier, alles in grauer Ölfarbe gestrichen. Auch das Klavier. Statt eines Bettes gab es nur eine sehr breite Matratze auf ebener Erde.. Ich konnte zu dieser Zeit noch nicht wissen, dass mein Tauschpartner darauf in trauter Dreisamkeit mir zwei Schwestern schlief. Von der einen hatte er ein Kind. Ich erfuhr von ihm, dass er freier Schriftsteller sei, aber noch nichts veröffentlicht habe. Eine der beiden Schwestern war, wenn ich mich recht entsinne, halbtags als Küchenhilfe beschäftigt. Ich kann mir heute noch nicht vorstellen, wovon die Leute gelebt haben. Da ich ja nur gerne seine Wohnung wollte, und da ich ein toleranter Mensch bin, hat mich das nicht weiter gestört. Es ging mich auch nichts an. Jeder soll nach seiner Fasson selig werden.

Später habe ich dann allerdings viel von diesem jungen Mann gehört, das mir nachträglich großen Respekt abverlangte. Es war einer dieser, mutigen jungen Leute, die mit viel Elan gegen diesen Staat rebellierten und bereit waren, dafür ins Gefängnis zu gehen. Im Gegensatz zu den vielen anderen, zu denen ich auch gehörte, die still waren und sich in eine Nische zurückgezogen hatten. Nun weiß ich auch, warum er damals keine Chance für die Veröffentlichung eines seiner Bücher hatte. Dass es viele solche Leute gab, habe ich eigentlich erst zu den Unruhen im Jahr 89 gehört, und ich bin beschämt, dass ich, trotz besseren Wissens, nicht zu denen gehört habe, die ihre Meinung offen sagten.

In den letzten zehn Jahren habe ich öfter von diesem Mann gehört, mit dem ich meine Wohnung tauschte. Er war immer in politischen oder gesellschaftlichen Ämtern tätig und meldete sich auch bei Talkshows öfter kritisch zu Wort. Neulich las ich aber in der Zeitung,, dass er bei pornographischen Träumereien auf seinem Dienstcomputer erwischt worden sei. Aber ich sagte ja schon: Jeder nach seiner Fasson...

Gleich nach dem Wohnungstausch wurde ich zu Bürgermeister bestellt. In meiner Ahnungslosigkeit hatte ich den Wohnungstausch nicht gemeldet um ihn genehmigen zu lassen. Mir wurde mitgeteilt, dass ich den Tausch rückgängig machen müsse. Mein Partner sei als „subversives Element" bekannt, und dass es Staat und Partei nicht riskieren könnten, einen solchen Mann ausgerechnet nach Leipzig zu lassen, wo ständig, und nicht nur zu den Messen, ausländische Gäste anwesend seien. Warum ich dann doch nicht zurück tauschen musste ist mir nicht bekannt. Wahrscheinlich hat da mein Betrieb interveniert. Fachpersonal war knapp.

Die Eckkneipe habe ich dann nach einer Renovierung übernommen. Am Tag der Eröffnung wollte sich meine Frau die Servierschürze umbunden, aber ich teilte ihr mit, dass sie ab sofort die Küchenleiterin sei. Das hat sie umgehauen. Ich versichere, dass ich kein Macho bin, aber freiwillig hätte sie den Job nie gemacht.

Nun wir waren eine Weile ganz zufrieden, bis auf die Tatsache, dass es halt eine Bierkneipe war. Aber das hatten wir ja vorher gewusst, nur nicht wie viel Bier ein Sachse verträgt. Oder auch nicht. Nicht weit entfernt war die Heidenauer Reifenfabrik. Die Leute arbeiteten dort bei einer Temperatur von 40-50°C. Da ist wohl nach Schichtschluss eine Menge Bier bereits in der Kehle verdampft, bevor es in den Magen kam. Meine Frau werkelte in der Küche, aber der Speiseanteil an unserem Umsatz war nicht so sehr hoch, gerade mal, dass sie es mit einer Hilfskraft gut schaffen konnte. Im Gegensatz dazu lief der Getränkeumsatz sehr gut. Bei einer Kapazität von etwa 45 Sitzplätzen schenkte ich zum Frühschoppen am Sonntag etwa zwei Hektoliter Bier aus. Jeder Gastronom wird bestätigen, dass das eine ganze Menge ist, und mancher, der heute in der Branche arbeitet wird bezweifeln, dass wir das geschafft haben. Ich konnte oft den Bierhahn überhaupt nicht schließen, sondern hielt eine Glas nach dem anderen unter den laufenden Strahl, wie auf dem Münchner Oktoberfest. Ein Glas Helles kostete damals in der Preisstufe 2 gerade mal 43 Pfennig. Ein Glas Pils 51.

Als wir die Gaststätte wieder abgegeben hatten, erzählte mir mein Nachfolger, dass bei einer Rekonstruktion der Küche ein Gasrohr entdeckt wurde, das genau durch den Kamin des Kohleherdes lief. Meiner Frau wurde hinterher noch übel, als sie an ihre Zeit in dieser Küche dachte, und der Herd ständig in Betrieb war.

Wir übernahmen dann von einer Thüringer Kofferfabrik ein Betriebsferienheim in Neuendorf bei Pirna. Das war an und für sich eine sehr schöne Sache, zumal der Trägerbetrieb viele Kilometer weit entfernt war. Wir konnten ziemlich selbstständig arbeiten, aber wir hatten kaum noch Zeit. In den Sommermonaten hatten wir etwa dreißig Feriengäste, und im Winter waren die Betten mit Schulungslehrgängen des Kombinats belegt. Selbst an unseren (offiziell) freien Tagen mussten wir die anwesenden Gäste zumindest mit den Mahlzeiten versorgen. Wir hatten also kaum einen wirklich freien Tag.

Ab und zu gab es auch Veranstaltungen des Kombinats, wie zum Beispiel Tagungen der Hauptbuchhalter, der technischen Leiter oder der Betriebsleiter. Das waren oft Alibi Veranstaltungen, bei denen sich keiner der Gäste überarbeitet hatte. Meist kamen sie schon Sonntags Abends an. Am Montag haben sie sich in Pirna umgeschaut, am Dienstag einen Ausflug in die CSSR (Tschechien) gemacht, am Mittwoch war dann Bergfest, am Donnerstag allgemeiner Kater und ausschlafen, Freitags vormittags sind die ersten wieder abgereist, die letzten am Samstag.

Einmal hatten wir ein Erlebnis, über das wir lange gelacht haben. Bei einer Direktorentagung war der Minister Gast. Am letzten Tag lud er die Direktoren zu einem Abschiedsbankett. Da dies spontan erfolgte hatte er natürlich unsere Küche ganz schön durcheinander gebracht, weil er in letzter Minute ein anspruchsvolles kaltes Büfett bestellte. Als die Zeit herankam, schlurften die Herren Direktoren in ihren verwaschenen Pullis und Hausschuhen zum Empfang, wie sie es immer taten zu den Mahlzeiten. Da bekamen sie einen tüchtigen Anpfiff vom Minister. Die Leute, die immer ziemlich arrogant gegenüber unserem Personal waren, kamen zehn Minuten später, klein wie Gartenzwerge in Schlips und Kragen angeschlichen. Stimmung kam an diesem Abend nur beim Personal auf.

Meine Frau musste sich später einer großen Operation unterziehen und konnte nicht mehr die schwere Arbeit in der Küche leisten. Sie übernahm die Kantine im VEB Zellstoffwerk Pirna, und ich in der Papierfabrik Heidenau die Küche und zwei separate Kantinen als Wirtschaftsleiter.

Es ist immer besser, eine heruntergekommene Einheit zu übernehmen, als einen guten Stand zu halten. Die Küche und die beiden Kantinen waren in einem katastrophalen Zustand. Nicht was die technische Einrichtung betraf, sondern die gesamte Organisation. Das Einzige was lief war der Verkauf von Essenmarken an die Belegschaft, aber alles andere war ein Sauhaufen. Die gesamten Lebensmittel und Getränke wurden auf eine einzige Kostenstelle gebucht. Der Küchenleiter nahm aus dem gemeinsamen Fonds das, was er brauchte. Wir mussten immerhin täglich an die tausend Essenportionen herstellen, in drei Schichten. Genau so bedienten sich die Frauen der Kantine aus den vorhandenen Vorräten, um Brote zu schmieren, Kaffee zu kochen und andere Dienstleistungen erfüllen zu können. Die Preise wurden nicht kalkuliert, sondern über den Daumen gepeilt. Beim Verkauf wurden die Einnahmen nicht mit Bons dokumentiert, sodass im Vergleich zu den Entnahmen aus den vorhandenen Beständen mit den Einnahmen aus dem Verkauf keine Saldierung möglich war. Und das ging seit Jahren so. Mein Vorgänger fuhr ein, für DDR-Verhältnisse, dickes Auto und hatte ein kleines Häuschen. Mein Gehalt war nicht schlecht, aber auch nicht so protzig, dass ich meinen Trabi hätte verkaufen können, um mir einen größeren Wagen zu leisten.

Das schlimmste war jedoch, dass die Geschäftsleitung das überhaupt nicht ändern wollte, denn auch die gelegentlichen Geschäftsessen im Büro des Direktors und der dazugehörige Cognac kam ohne Verrechnung aus dem gleichen Warenfonds.

Meinen ersten Schock bekam ich gleich am ersten Tag. Zum Feierabend legten mir die Frauen aus der Kantine einen ungezählten Haufen loser Geldscheine auf den Schreibtisch. Es war nicht zu kontrollieren, es gab ja keinen Kassenstand, keiner wusste ob und wer sich daraus bereits bedient hatte. Hätte ich das so weiterlaufen lassen, hätte sich mein Lebensstandard schlagartig ändern können. Ich versichere, dass jedes Wort so stimmt, wie ich es geschrieben habe. „Real existierender Sozialismus!" Ich glaube es war Ulbricht, der schon vor langer Zeit meinte, aus den volkseigenen Betrieben sei noch wesentlich mehr herauszuholen.

Also habe ich am sofort am nächsten Tag Inventur machen lassen und zuerst Küche und Kantinen abrechnungsseitig getrennt. Dann wurde für alles Kalkulationen gemacht, damit die Menge der einzusetzenden Waren festgelegt werden und der Preis ermittelt werden konnte. Der einzige, der nicht auf mich schimpfte, war der Küchenleiter, ein hervorragender, junger Koch. Er war derjenige, der nicht von den bisherigen Gaunereien profitierte. Er gab die Essenportionen gegen Marken heraus und hatte nichts mit dem Geld zu tun. Als nächstes musste ich ein eingespieltes Übel abstellen. Alle, die in der Küche oder Kantine beschäftigt waren, nahmen bei Schichtende regelmäßig, meist recht große, Töpfe mit nach Hause, gefüllt mit dem übrig gebliebenen Essen, welches aber anscheinend zu diesem Zweck produziert wurde. Es war ja in Ordnung, dass sie auf Weisung der Betriebsleitung ihr Essen kostenlos bekamen, und man konnte auch mal darüber hinwegsehen, wenn sich mal einer zwei Schnitzel auf den Teller packte, aber ich konnte nicht einsehen, dass aus meiner Küche halb Heidenau versorgt wurde. Mit der Zeit hat sich dann alles eingespielt, und nacheinander redeten alle wieder mit mir. Es gab ja trotzdem einige Vorzüge für alle Kolleginnen und Kollegen aus Küche und Kantine, denn sie hatten zum Beispiel keine Probleme mit der Versorgung ihrer Familien, denn jeder konnte Fleisch und Gemüse, oder ein gutes Bier an der Personalkasse kaufen und bezahlen.. Bei der Versorgungslage in der DDR war das schon ein Privileg.

Nur mit unserer Wohnung gab es noch ein Problem. Die Wohnung, die wir getauscht hatten, lag in einem Altbau, der mit der Zeit immer mehr abbröckelte. Durch das Dach tropfte Wasser und vor meiner Wohnungstür brach die halbe Decke herunter, dass das Rohrgeflecht herunterhing, auf das man früher den Putz auftrug. Statt endlich mal zu reparieren, wurde vor meiner Wohnungstür ein Riesenbaumstamm aufgestellt, der die Decke abstützen sollte. Wir hatten nur darauf gewartet, dass er demnächst Wurzel bilden und grüne Blätter wachsen ließ. Anscheinend gingen den Oberen unsere laufenden Beschwerden auf die Nerven, denn plötzlich bekamen wir eine neue Wohnung in einem Plattenbau in Pirna- Copitz. Es war schöner als ein neues Auto. Alle Leute, die heute über die „Platte" meckern sollten sich mal daran erinnern. Wir haben damals ausgelost, wer zuerst die Wassertoilette benutzen darf und wer zuerst in die Badewanne steigen durfte. Luxus, auf den wir lange gewartet hatten.

Jetzt konnten wir uns einen lang gehegten Wunsch erfüllen. Wir wollten nämlich gerne wieder aus dem biederen Kleinstädtchen in eine größere Stadt. Jetzt konnten wir eine Tauschwohnung anbieten. Es klappte dann auch und wir zogen um nach Chemnitz. Jetzt konnte man wieder ohne Probleme mal ins Theater gehen, in die Oper oder auch mal ins Konzert.

Meine Frau begann bei VEB Barkas im Büro zu arbeiten und hatte am Computer nur mit vielen Zahlen zu tun. Eine Arbeit, die mir Angst gemacht hätte, aber sie hatte Spaß daran. Ich begann in einem damals renommierten Hotel zu arbeiten. Eigentlich hatte man mir eine Großgaststätte auf der Straße der Nationen angeboten, aber irgendwie wurde daraus nichts.

Wieder kam ich in Konflikt mit meinem Gewissen. Als Restaurantleiter hatte ich den Betriebsablauf zu organisieren. Arbeitszeitpläne zu erstellen und Abrechnungen mit dem Personal zu machen. Neben dem Hotel wurden an einem Imbissstand Imbisstand Hähnchen verkauft, damals Broiler genannt. Am Stand verkaufte die Frau des Hotelleiters. Ich habe nie eine Abrechnung von dieser Verkaufsstelle gesehen und nicht ein einziges Hähnchen wurde offiziell dahin umgelagert. Da ich nicht annahm, dass der Hotelleiter die Eier selbst ausbrütete, konnte da nur irgendwas faul sein. Nachdem ich ihn darauf aufmerksam machte, dass ich nicht dumm genug sei, das zu übersehen, fand er jeden Tag mehr an mir auszusetzen. Eine kleine Verfehlung, ich hatte mit einem Gast eine Flasche Wein getrunken, war der Anlass für eine strenge Rüge. Aber da meine Arbeitszeit wieder mal gegen die meiner Frau lief, gab ich auf. Ich begann für kurze Zeit im Großhandel zu arbeiten, was mir jedoch nicht so sehr gefiel. Also musste was Neues her. Ich bewarb mich bei der Konsumgenossenschaft als Abteilungsleiter in einer Kaufhalle. Heute heißt das Supermarkt. Man bot mir aber an, selbst als Kaufhallenleiter zu arbeiten. Heute nennt man das Marktleiter. Da ich mir immer alles zutraute, nahm ich das Angebot an.

Ich hatte mich für die Kaufhalle entschieden, weil ich es satt hatte, immer nur nachts und an Feiertagen zu arbeiten. Die letzten paar Jahre meines Arbeitslebens, die ich in zwei Kaufhallen arbeitete, waren die schlimmsten meines Lebens. Der Grund war die verheerende ökonomische Situation in der sich die DDR befand. Vor allem aber auch die Unfähigkeit der Funktionäre der staatlich gelenkten Wirtschaft zu einer wirklichen Reorganisation. Ich wurde von einer Reihe staatlicher Großhandels- Organisationen beliefert. Eine war für Lebensmittel zuständig, eine andere für Süßwaren und Gebäck oder für Spirituosen usw. Die Arbeitsweise war bei allen gleich. Ich bekam jeweils einen Katalog, in dem die verschiedenen Artikel aufgeführt waren, die im betreffenden Handelssortiment lagen. Beliefert wurde ich je nach Branche wöchentlich, vierzehntägig oder auch monatlich. Diesen Katalog musste ich mindestens eine Woche vor Lieferung ausfüllen und abschicken. Die Sorten und die Mengen, die ich dann in die Spalten des Katalogs eintrug, waren zwar im Sortiment, aber selten alle vorrätig. Zur Lieferung musste ich dann wieder den Katalog für die folgende Lieferung abgeben. Da jedoch immer nur ein Teil, oft nicht mal zwanzig Prozent der bestellten Ware geliefert wurde, war meine Bestellung vollkommen irreal. Ich will das mal an einem Beispiel erklären. Ich bestellte, sagen wir mal, 600 Flaschen halbtrockenen Weißwein einer bestimmten Sorte. Geliefert wurden dann aber zum Beispiel 200 Flaschen trockener Rotwein, von dem ich noch genügend im Regal stehen hatte. Also bestellte ich für das nächste Mal 1200 Flaschen von dem Weißwein und *keinen trockenen Rotwein*. Sie raten richtig, wenn Sie glauben, dass ich diesmal 400 Flaschen des trockenen Roten bekam. Ähnlich ging es bei allen Lieferungen. Natürlich gab es dann Ärger mit den Kunden, welche jedoch meist die armen Kassiererinnen beschimpften, die am allerwenigsten für die Situation Verantwortung trugen. Ganz schlimm war die Lage bei Obst und Gemüse. Weißkohl und Rotkohl, sowie schlaffe, oft angefaulte Möhren, gab das ganze Jahr. Tomaten, Gurken, Erdbeeren immer nur in der Saison und immer nur soviel, wie in der nahen Region wuchsen. Über Südfrüchte möchte ich am liebsten überhaupt nicht reden, schon weil es außen stehenden sicher so vorkommen sein muss, als seien die Ossis 1989 nur wegen der Bananen auf die Straße gegangen.

Also: Zwei oder dreimal im Jahr gab es Bananen ! Sie wurden vorher angekündigt, und die LKW's wurden im Hof abgeladen, der von allen Seiten eingesehen werden konnte. Innerhalb einer Minute standen hundert Personen an der Ladentür, nach fünf Minuten tausend. Es hat *niemals* gereicht. Entschied ich, dass pro Person nur ein Kilo abgegeben werde, bekam ich Ärger mit denen, die behaupteten, sie haben vier Kinder zu Hause, der Nachbar sei aber allein. Also jedem soviel wie er wollte ? Die achthundert, die dann leer ausgegangen wären, hätten mich auf der Stelle erschlagen. Ich habe manchmal fast gebetet, dass die angekündigte Ladung Bananen aus irgendeinem Grund ausfällt.

Manchmal hatte ich Albträume. Der schlimmste war, dass alles geliefert würde was ich bestellt hatte. Ich hätte meine Kaufhalle um zwei Geschosse aufstocken müssen.

Ein weiteres Problem war das Personal. Ich hatte in einer Kaufhalle zwei Kolleginnen, die ich gerade mal beim Abholen des Gehalts sah. Wenn sie nicht selbst krank waren, waren es ihre Kinder. Eine war ständig im Mütterjahr und gleich darauf wieder schwanger. Nachdem ich sie mal darauf angesprochen hatte, sagte sie mir das käme daher, dass sie lieber bumse als arbeite. Die Ausfälle mussten dann von den anderen Kollegen, die immer fleißig waren, aufgefangen werden. Kündigung war undenkbar.

Heute wird oft nostalgisch geschwärmt, dass in der DDR die Kollegialität und der Zusammenhalt im Arbeitsteam, ach ja Kollektiv hieß das je damals, also dass alles Friede, Freude, Eierkuchen gewesen sei. Ich behaupte: Das ist eine Lüge , oder ein lieb gewordenes Wunschdenken. In den beiden Kaufhallen, wo ich gearbeitet hatte gab es nur Neid und Missgunst,

Argwohn. Da wir ein so genanntes Prämien-Lohn-System hatten, musste ich monatlich nach vorgegebenen Kriterien entscheiden, wer wie viel von der kleine, kollektiven Prämie bekam. Der Lohn wurde damals nicht überwiesen, sondern an Hand einer großen Liste bar ausgezahlt. Man konnte die Spalten abdecken wie man wollte, jeder hat nachgesehen wie viel der andere bekam. Das gab jeden Monat Krach und Ärger.

Irgendwann war ich mit den Nerven am Ende. Im letzten Jahr war ich jeden Tag mit Grausen zur Arbeit gefahren. Am 10.Februar 1989 bekam ich einen Herzinfarkt aus heiterem Himmel, das heißt genau genommen zwei an zwei aufeinander folgenden Tagen. Den ersten habe ich überhaupt nicht ernst genommen, weil ich ihn nicht als solchen registriert hatte. Aus irgend einem Grund war ich mit meinem Trabi in der Stadt. Wo heute gegenüber dem Kaufhof, damals Zentrum Warenhaus, der Moritzhof steht, war damals ein Parkplatz und eine Wendeschleife für Busse. Ich stellte mein Auto ab und ging in Richtung der alten Zentralhaltestelle. Dort wurde mir plötzlich übel und ich hatte ein Brennen in der Brust, das kaum auszuhalten war, und das ich mir nicht erklären konnte. Ich musste mich auf eine Bank setzen und dachte ans Sterben. Es dauerte mindestens eine Stunde, ehe es besser wurde. Ich schleppte mich an mein Auto, und heute noch wundere ich mich, dass ich heil in meiner Kaufhalle am Pappelhain ankam. Mir stand kalter Schweiß auf der Stirn und ich muss kalkweiß gewesen sein. Alle fragten mich, ob ich krank sei. Ich steckte mir eine Zigarette (!) an und sagte: „Macht mit mal eine starke Tasse Kaffee, Mädels, dann wird es schon wieder."

Am nächsten Tag hatte ich frei und wollte meine Wohnung tapezieren. Eigentlich hätte meine Frau um sechs Uhr zur Arbeit gehen müssen, aber an diesem Tag hatte sie einen Zahnarzttermin. Gegen halb neun, ich hatte gerade ein paar kleine Möbelstücke aus dem fünften Stock in den Keller getragen, wurde mir wieder übel und es schmerzte wie am Vortag. Also: Eine Zigarette, dachte ich, und eine Tasse ordentlichen Kaffee. Das hatte ja gestern auch geholfen. Denkste ! Kalter Schweiß rann mir über den ganzen Körper. Kurze Zeit war ich ohnmächtig.

Um diese Zeit kam meine Frau vom Zahnarzt, und da es auf dem Weg lag, und im Betrieb sowieso Frühstückspause war, kam sie auf die wunderbare Idee, in unserer Wohnung vorbeizuschauen. Sie sah mich auf dem Fußboden liegen. Alle Kleider hatte ich mir vom Körper gerissen bis auf die Boxershorts. Später hat sie mir mal gebeichtet, dass sie dachte, ich sei blau wie eine Haubitze. Jedenfalls, sauste sie, gegen meinen Willen, zu einem Nachbarn, der ein Telefon hatte und rief den Notarzt. Der war in Minuten da. Zwei Leute

70

kamen, ich weiß nicht mal ob ein Arzt dabei war, aber ich wurde sofort an ein tragbares EKG-Gerät gehängt, Tropfen aus einer Arzneiflasche wurden mir auf die Zunge geträufelt, und wo ich ein Loch hatte wurden Schläuche reingesteckt. Wo ich keins hatte, wurde mir eins gemacht. So wurde ich die fünf Stockwerke, ohne Fahrstuhl auf einer Trage heruntergebracht und mit Blaulicht und Sirene ins Krankenhaus gefahren.

Glauben Sie mir: Ich hatte Todesangst.

Aus vielen Erfahrungen heraus hatte ich zum DDR-Gesundheitswesen null Vertrauen. Ich musste meine Meinung revidieren. Ich wurde ins Küchwald-Krankenhaus gefahren. In dem OP standen sechs oder sieben Leute herum, die sich routiniert, schnell und professionell um mich kümmerten. Es wurde kaum gesprochen, sondern nur umsichtig gearbeitet. Dafür möchte ich mich an dieser Stelle einmal bedanken, auch wenn ich die Namen der Ärzte nicht mehr weiß.

Es gab nur zwei Sachen über die ich mich aufregte soweit ich dazu in der Lage war. Irgend ein Angestellter bombardierte mich mit Fragen. Er saß mit einem Block auf den Knien neben meiner Liege. Ich hielt jede Frage für überflüssig. Name, Geburtsdatum, Krankenversicherung, Vorerkrankungen, Krankheiten des Vaters, der Mutter, Todesursachen der Eltern und... Ich weiß nicht mehr was noch alles. Heute denke ich dass das sein musste, aber damals hatte es mich nur gestört.

Das Andere: Mir war allgemein ziemlich kalt obwohl ich zugedeckt war. Ein Arzt kam, schlug die Decke zurück und drückte an meinen Fußknöcheln herum. Er deckte mich erst wieder zu, nachdem ich dreimal darum gebeten hatte. Aber schon kam der nächste. Decke zurück, drücken der Fußknöchel, nicht wieder zugedeckt. Genauso der nächste, der nächste und.. So ging das, ich glaube, ein dutzend mal. Es mag ja Sinn gehabt haben, man wollte sich vergewissern ob ich einen Stau in den Füßen habe. Es ist mir nur nicht klar, warum das so viele Leute interessierte. Ich glaube, sogar der Hausmeister und die Putzfrau haben mal ein bisschen an mir herumgedrückt.

Ich kam auf die Intensivstation, hing mit allen Schläuchen und Drähten am Monitor. Auch meine Frau durfte in den ersten Tagen nur durch ein Glasfenster zu mir hereinsehen. Ich bekam davon allerdings nicht viel davon mit. Ich habe die meiste Zeit geschlafen. Erstaunt war ich nur, als eines Tages eine ältere Frau mit einer großen Tasche an meinem Bett stand. Sie hielt mir ein paar Zeitungen vor die Nase und wollte wissen, ob ich was zu lesen wollte. Ich wollte nicht.

Nach einiger Zeit wurde ich in ein Fünf-Bett-Zimmer verlegt, und ich musste mit einem Therapeuten langsam wieder laufen und Treppen steigen lernen. Es ging mir wieder leidlich gut, bis auf den Tag, als ich fast einen Schock bekam. Mein Bettnachbar, mit dem ich mich oft angenehm unterhielt, starb plötzlich, ohne Vorankündigung

Ich glaube, ich war etwa drei oder vier Wochen im Krankenhaus. Gleich danach bekam ich eine REHA-Kur, direkt in Chemnitz, damals noch Karl-Marx-Stadt. Es war eine große Villa in der Riedstraße. Heute ist dort das Carola-Klinikum. Wir waren dort etwa fünfzehn oder zwanzig Leute, alle mit einem gerade überstandenen Infarkt. Bei leichtem Sport und viel spazieren gehen im Wald sollten wir uns erholen. Dort haben fast alle Raucher wieder die ersten Zigaretten probiert, auch ich. Ich weiß nicht, ob erwachsene Leute noch lernfähig sind. Ich ärgere mich heute noch darüber. Es wäre eine gute Gelegenheit gewesen, diese blöde Sucht aufzugeben, zumal wir ja alle gerade gemerkt hatten, wie schnell es zu Ende gehen kann.

(Nachdem ich am Schluss meines Buches war, habe ich alles noch mal durchgelesen und muss ergänzen: Am 16. August habe ich nach hundert Versuchen das Rauchen aufgegeben. Jetzt ist fast Weihnachten.)

Der Leiter der Einrichtung war ein netter, sehr freundlicher Arzt, der sich um seine Patienten kümmerte. Ich habe leider der Namen vergessen. In einem persönlichen Gespräch riet er mir, eine AU-Rente zu beantragen. Ich bat mir Bedenkzeit aus, denn ich wollte ja gerne noch die letzten sechs Jahre arbeiten bis zu meinem Fünfundsechzigten. Es ging auch um´s Geld. Schließlich waren die Renten in der DDR nicht berauschend, und ich wollte meinen Lebensstandard gerne so lange wie möglich behalten. Ich bat meinen Direktor um ein Gespräch. Ich solle keine Angst haben, meinte er. Man fände schon eine anständige, zumutbare Arbeit für mich. Also sagte ich dem Arzt ab und meldete mich sogar vorzeitig wieder gesund.

Ich sollte es bald bereuen. Mein Direktor bot mir einige banale Beschäftigungen an zum Beispiel als Sachbearbeiter für Leergut u.Ä. Das hätte mich einerseits nicht befriedigt, und andererseits hätte ich gerade mal die Hälfte verdient wie als Kaufhallenleiter. Meinen Protest nahm er nicht ernst, und auch den Hinweis auf seine Versprechungen ignorierte er. Also bestand ich darauf, meine Arbeit, entsprechend meinem Vertrag, als Kaufhallenleiter wieder aufzunehmen. Diese Stelle sei längst wieder besetzt, regte er sich auf. Das interessierte mich jedoch nicht, denn nach den Gesetzen der DDR war es nicht möglich, einen Arbeitsvetrag wegen Krankheit aufzulösen. Ich kündigte an, vor das Arbeitsgericht zu gehen. Darauf schickte er mich wütend wieder in meine Kaufhalle, was sollte er sonst machen.

Da gab es aber nun *zwei* Kaufhallenleiter. Das konnte nicht gut gehen. Mein Konkurrent befürchtete anscheinend, dass ich ihn aus seiner Position wieder verdrängen wolle. Ich bekam nichts zu tun und saß nur herum. Ständig gab es Reibereien, ich gab nach ein paar Wochen auf und meldete mich wieder krank. Ich ging wieder zu dem Arzt, der mir die Rente angeboten hatte. Er leitete alles in die Wege. Ich habe später, nach der Wende, noch mal mit ihm gesprochen. Er lächelte und sagte er wisse ganz genau, dass ich nur die Absicht gehabt habe, als Rentner in den Westen gehen zu können. Damit hatte er recht.

Die letzten zwei, drei Arbeitsjahre waren für mich die Hölle gewesen. Die Versorgung wurde jedes Jahr schlechter und es gab laufend Auseinandersetzungen mit den Kunden. Aber auch das Verhältnis mit der Verwaltung war immer kritischer geworden. Ich kann mir vorstellen, dass die auch Probleme hatten und insgeheim auch nicht gerade zufrieden waren, von ein paar Betonköpfen abgesehen. Aber nicht einem fiel es ein, irgendwann einmal die Wahrheit zu sagen. Im Gegenteil: Je angespannter die Situation wurde, desto eifriger wurde die Staats-und Parteipolitik schöngeredet und die *Erfolge* und die so genannten *sozialen Errungenschaften* hochgelobt.

Es kam die Zeit der Montagsdemonstrationen. Vorher hatte der ungarische Außenminister Gyula Horn den eisernen Vorhang mit einer gewöhnlichen Blechschere zertrennt. Ungeheuerlich ! Nicht vorstellbar ! Tausende und Abertausend flohen über Ungarn und die besetzten Botschaften der *Bruderländer* in den Westen.

Ich hatte nicht die Hoffnung, dass sich grundlegend etwas ändern würde. Mit einem Freund habe ich die Situation oft diskutiert. Er war auf jeder Montagsdemonstration dabei. Ich sah anfangs keinen Sinn darin, konnte man doch an jedem Tag im Fernsehen verfolgen, wie die alten Bonzen plötzlich ganz genau wussten, was sie bisher falsch gemacht hatten, und dass sie ab sofort alles anders machen wollten. Hauptsache sie behielten die Macht. So ehrlich haben sie es allerdings nie gesagt. Irgendwann musste ich dann allerdings meine Meinung revidieren. Es konnte nur klappen, wenn alle mitmachten. Ich lief also jetzt auch in Chemnitz mit, wenn am Montag die Massen über den Leipziger Ring marschierten. Ich will aber ehrlich sein. Mein Mut war nicht so groß geworden, dass ich an der Spitze mitmarschierte. Schön in der Mitte habe ich mich versteckt.

Als ich dann nach der Wende hörte, wie viele ihre Freiheit und vielleicht ihr Leben riskiert hatten, war ich beschämt, so lange geschwiegen zu haben, und mich halbwegs arrangiert hatte, obwohl gerade ich einer derjenigen war, die es besser wissen mussten. Ich schäme mich noch heute dafür.

Wenn ich jetzt im Fernsehen Bilder aus diesen Tagen sehe, bin ich verwirrt. Noch zum 40. Jahrestag der DDR liefen Hunderttausende, meist junge Leute, an den Tribünen vorbei, so wie sie alle die Jahre gejubelt und Fähnchen (Winkelemente) geschwungen hatten. Gleichzeitig sah man, meist nur auf den anderen Sendern, genau so viele durch die großen Städte marschierten, mit großen Transparenten und oft von der Stasi zusammen geknüppelt. Andere stürmten die abgeschlossene Botschaft der Bundesrepublik in Prag.

Als dann Gentscher den berühmtesten Halbsatz der Welt vom Balkon der Botschaft sprach:....."um Ihnen mitzuteilen, dass ihre Ausreise...." Der Rest ging in dem enthusiastischen Siegesjubel der Besetzer unter. Ich wünsche mir, dass dieser Satz einmal in einer Erinnerungssendung des Fernsehens zu Ende gesprochen wird. Noch am selben Abend fuhren die Züge in Richtung Westen. Wie gefordert durch die DDR, und über Dresden, wo die Mächtigen zum letzten Mal versuchten, die Menge mit Gewalt niederzuhalten. An diesem Tag, wusste ich wieder einmal, dass der Spuk vorbei war.

Und der große Vorsitzende *weinte ihnen keine Tränen nach*. Es war eine Zeit der großen Ängste und der kleinen Hoffnungen. Ich war ja immer noch krank geschrieben und saß Tag und Nacht vor dem Fernseher. Ich zappte hin und her, sah diese und jene Bilder und meine Wut verstärkte sich von Tag zu Tag. Bis dann der glücklichste Tag meines Lebens kam und Schabowski, fast in einem Nebensatz und anscheinend aus Versehen die Mauer öffnete. Es war der schönste Tag meines Lebens.

DER 9. NOVEMBER 1989 !

Hätte ich damals schon einen Videorecorder besessen, und hätte ich das Ereignis voraussehen können; Das wäre das wichtigste Video in meinem Bestand geworden. Ich habe es später mal in einer Erinnerungssendung aufgenommen, aber es ist nicht das Original. Schade !

Nach der Bekanntgabe der Maueröffnung und der Mitteilung, dass alle DDR-Bürger einen Ausreiseantrag, ohne Nennung von Gründen, stellen dürften, und Schabowski verunsichert auf einen kleinen Zettel schaute, als ein Journalist die Frage stellte, ab wann das gelte, die Antwort gab: „...wenn ich das richtig sehe, ab sofort", war der Teufel los. Ich glaube es ist das einzige Mal in der Geschichte, dass eine so wichtige Nachricht so scheinbar nebensächlich bekannt gegeben wurde.

Damals wusste ich, wie ich bereits sagte, dass das Ende der DDR in der Prager Botschaft seinen Anfang nahm. (Eigentlich begann es mit der Ausbürgerung Biermanns, und Öffnung der ungarischen Grenze zu Österreich) Allerdings habe ich angenommen, dass es erst mal eine paar kleine Erleichterungen gäbe. Was es wirklich bedeutete wurde mir dann im Lauf des Abends und der Nacht des 9. November klar. Die Mauerdurchgänge wurden von Hunderttausenden jubelnder Menschen bedrängt, die die Öffnung *sofort* forderten. Die Hilflosigkeit der Grenzer, und das Durcheinander der jeweiligen Anordnungen, das Hü und Hot der gestern noch so selbstherrlichen Ordensträger war kaum begreifbar. Ich saß bis in die frühen Morgenstunden und darüber hinaus vor dem Fernseher und habe geweint. Bis heute ist mir das Wort eines jungen Mannes, der im Trabi durch die geöffnete Grenze fuhr, und von Hunderttausenden Ost-und Westbürgern mit Jubel und Sekt begrüßt wurde, der ausrief: „Wer jetzt schläft, ist tot !"

Am gleichen Tag stand für mich fest, dass mich keine zehn Pferde in diesem Land halten konnten. Einer der Gründe war, dass ich die jämmerlichen ehemaligen Bonzen nicht mehr ertragen konnte. Ich war mir sicher, dass die nicht einfach von der Bühne abtreten würden. Und das zeigte sich ja auch in den nächsten Tagen und Wochen. Das ist bis heute nicht anders. Viele von denen haben heute wieder ihre Posten und Pöstchen in der Wirtschaft, der Politik und der Öffentlichkeit.

Ich verstehe nicht, wie die ehemaligen DDR-Bürger so schnell vergessen konnten und heute noch der Meinung sind, es sei alles nicht so schlimm gewesen, und die DDR habe auch ihre guten Seiten gehabt. Wie kann ein Staat, der seine Bürger zum Lügen erzieht, der unschuldige Menschen einsperrt oder sogar erschießt, und deren Repräsentanten selbst gelogen und betrogen haben, gute Seiten haben ? Und haben die so genannten „sozialen Errungenschaften"diesen Staat nicht erst in den Bankrott getrieben ?

Die Losung von damals „Stasi in die Produktion" hat sich voll erfüllt. Sie sind drin. Nicht selten in leitenden Positionen. Ein paar galten damals als Reformer. Es wird wohl kaum ein Mensch, der denken kann glauben, dass einen Posten wie damals Modrow oder Berghofer unter den herrschenden Umständen innehatten, ohne mindestens eine Leiche im Keller zu haben. Es ist mir unerträglich, einen Modrow heute im demokratischen Bundestag zu wissen, und Berghofer will wieder Bürgermeister von Dresden werden. Unverständlich ist mir, dass so viele, damals betrogene Bürger diesen Leuten freiwillig heute ihre Stimme geben. Das gilt auch für ehemalige Parteigenossen, die genau so an der Nase herumgeführt wurden wie wir, und ich kann die westdeutschen Kritiker verstehen, die darüber den Kopf schütteln. Damit ich nicht falsch verstanden werde: Ich bin sehr für eine Partei, die auch links von der SPD steht, aber Leute, die sich ganz selbstverständlich als Nachfolger der SED sehen, und wahrscheinlich dabei eine ganze Menge verdienten, haben nach meiner Meinung ebenso wenig in unserem Staat zu suchen, wie die rechtsradikalen Dummköpfe.

Ich habe gerade alles noch mal durchgelesen, was ich bisher schrieb und dabei bemerkte, dass ich doch, eigentlich gegen meinen Willen, ab und zu eine politische Meinung geäußert habe. Ich glaube anders geht es auch nicht. Die Politik beeinflusst jedes Leben.

Aber zurück zur Zeit der Wende. Etwa acht Tage nach dem Mauerfall bin ich mit zwei Koffern und vierzig Mark West in der Tasche in den Zug nach Frankfurt am Main gestiegen. Ich war inzwischen geschieden, lebte aber noch zusammen mit meiner Frau in der gleichen Wohnung und möchte auch gleich dazu sagen, dass wir sogar heute noch gelegentlich eine Tasse Kaffee zusammen trinken. Wir verkehrten höflich und gesittet miteinander. Ich überließ ihr die Wohnung samt der Einrichtung und sogar das Geld auf unserem Konto, wie es bereits bei der Scheidung von mir ohne Zwang entschieden wurde.

Also jetzt saß ich im Zug nach dem Westen. Ich war damals immerhin schon 59 Jahre alt, hatte zwei Herzinfarkte hinter mir und weder Bekannte noch Verwandte im Westen. Jedenfalls keine, zu denen ich gehen konnte. Meinen damaligen Mut finde ich heute eigentlich unglaublich. Dabei war ich noch voller Angst. Als gelernter DDR-Bürger stand ich eine ganze Nacht bei der Polizei Schlange, weil bekannt gegeben wurde, eine Grenzüberschreitung sei nur mit einem gültigen Visum möglich. Später habe ich mich darüber geärgert, weil keiner das sehen wollte. Ich habe meine Fahrkarte auch nicht nach Gießen gelöst, wo das Aufnahmelager war, sondern nach Frankfurt, damit die noch amtierenden Grenzer und Zöllner mir keine versuchte, illegale Republikflucht vorwerfen konnten, wie es mir ja schon einmal passiert war. Ich traute denen nicht. Zum Beweis meiner beabsichtigten Rückkehr hatte ich sogar eine Rückfahrkarte in der Tasche. Der Zug ab Leipzig war überbesetzt, aber ich bekam als Einzelner doch noch einen Sitzplatz. Außer mir saßen noch zwei junge Leute, zwei ältere Damen und ein Mann in den Vierzigern im Abteil. Die beiden jungen Leute, ein verliebtes Pärchen standen meist mit der Zigarette im Gang.

Wer einmal zu DDR-Zeiten über die innerdeutsche Grenze gefahren ist, gleich in welche Richtung, kennt das mulmige Gefühl, das sich verstärkte, je näher man der Grenze kam. Auch dieses Mal war es bei mir nicht anders. Dann war es soweit. Es hatte sich nichts geändert. Mit einem Ruck wurde die Abteiltür aufgerissen. Ein Uniformierter stand im Gang und schaute prüfend ins Abteil. Im Hintergrund stand eine weiterer Mann.

„DDR-Grenzkontrolle. Ausweise bitte !"

Die beiden älteren Damen kamen zuerst dran. Unsicher übergaben Sie ihre Papiere dem Grenzer. Ein Blick in den Ausweis, ein Blick ins Gesicht, ein Blick in den Ausweis. Ein bisschen blättern in dem blauen Heft. Wortlos gab er die Ausweise zurück. Die gleiche Zeremonie bei mir. Dann war der Mann dran.

„Wo woll'nse hin ?"

„Wie es auf der Fahrkarte steht."

„Ich hab'se was gefragt ! Ihr Koffer da oben ?"

„Ja."

„Grund der Reise ? Dienstlich ? Privat ? Urlaub bei der Westverwandschaft?" Sein Grinsen zog sich bis zu den Ohren, wie ein gespanntes Gummiband.

Der Mann blieb freundlich und lächelte. „Ich glaube, das geht Sie nichts an, junger Mann", sagte er und wir hielten den Atem an.

Erstaunlicherweise reagierte der Grenzer nicht auf die Antwort, sondern sagte nur: „Unterleutnant !"

„Ach wissen Sie, ich kenne mich da nicht so aus, und ich will's auch nicht mehr lernen, junger Mann. Es rentiert sich nicht mehr. Aber wissen Sie, junger Mann, Sie machen Ihre Arbeit sicher ordentlich und kennen die Gesetze. Aber Sie sollten mal darüber nachdenken, wie lange diese Gesetze noch gültig sind. Vielleicht ist dann das oberste Gesetz einfach Höflichkeit und Freundlichkeit. Wenn Sie lernfähig sind, könnten Sie den Sprung schaffen."

Wir warteten auf einen Zornesausbruch, aber der blieb aus. Der Grenzer bekam rote Ohren und krachte mit grimmigem Gesicht die Tür zu.

Und wieder einmal kam mir die Erkenntnis kam, dass der Spuk vorbei war. Endgültig.

Als ich in Frankfurt am Main auf dem Hauptbahnhof ankam, dachte ich zuerst ich habe mich verfahren. Ich dachte, ich sei in der Markthalle gelandet. Auf dem Querbahnsteig stand ein Gemüse-und Obststand neben dem anderen. Blumen wurden verkauft, Zeitungen und Literatur. Bäckereien gab es und Imbissstände. So was hatte ich im Leben noch nicht gesehen, obwohl ich die meisten Bahnhöfe in der DDR und in den Ostländern kannte.

Heute werden selbst auf dem Chemnitzer Bahnhof frische Brötchen gebacken. Ich ging neugierig von einem Stand zu anderen. Einer der Obsthändler wurde auf mich aufmerksam. Er hatte einen fremden Klang in der Stimme. Heute weiß ich, dass es wahrscheinlich ein Türke war. Er war sehr freundlich, aber grinste mich ein bisschen belustigt an. „Aus dem Ostene ?", fragte er mich, und ich konnte mir nicht vorstellen, woran man das erkannte. Ich sagte ja. Er hielt mir eine Banane hin, aber ich dachte an meine vierzig Mark und lehnte dankend ab.

„Nehmen Sie, kostene nix !"
Ich bekam rote Ohren und bedankte mich höflich. Ich wollte ihn ja nicht beleidigen, außerdem mögen Ossis Bananen, wie jeder weiß. Der Händler zog eine große Tüte aus einem Stapel und füllte Sie bis zum Rand mit Äpfeln, Pfirsichen, Bananen Kiwis (was war das ?) Und anderem Obst. Und das mitten im Winter. Er reichte mir die Tüte. „Aber nicht weiter sagene, sonst kommene alle Ossis zu mir", grinste er und wünschte mir eine gute Weiterreise.

Da meine Fahrkarte ja nur bis Frankfurt reichte, ging ich in die Bahnhofsmission und hoffte man könne mir dort weiterhelfen. Ich bekam erst mal eine Tasse Kaffee und fragte mich, ob ich ein Baquette haben möchte. Ich wusste zwar nicht, was das ist, aber ich bekam ein paar belegte, längliche Brötchen. Aber das war ja auch schon was. Hunger hatte ich nämlich. „Gehen Sie einfach an den Zug nach Gießen, melden Sie sich beim Schaffner. Der lässt Sie mitfahren. Das ist geregelt." So war es dann auch. Es gab kein Problem.

Als ich dann die Tür zu einem Abteil zweiter Klasse aufschob, lächelte er mich an und meinte: „Wenn Sie schon umsonst fahren dürfen, dann setzen Sie sich doch wenigstens in die Erste. Das ist auch nicht umsonser."

Endlich kam ich in Gießen an, und obwohl der Bahnhof jetzt viel freundlicher aussah als ich ihn in Erinnerung hatte, musste ich an den Wintertag 1944 denken, wie ich als Kindersoldat einen ganzen kalten Tag hier gesessen hatte und auf einen Zug wartete, dessen Abfahrt und die Bombardierung Gießens ich im Gepäcknetz verschlafen hatte.

Der kurze Weg über eine Treppe zum Aufnahmelager war deutlich ausgeschildert und von vielen Leuten begangen. Im Gegensatz zu manchem anderen habe ich nicht die Gepäckkarre aus dem Bahnhof mitgenommen, was laut Aushang verboten war, sondern habe meine beiden Koffer geschleppt. Da es mir nach meiner Krankheit nicht so gut ging, musste ich öfter Pause machen. Am Pförtnerhaus des Lagers, das ich ja noch kannte, stand eine ellenlange Schlange, meist jüngerer Leute, die genau wie ich da rein wollten. (Wo ich das gerade schreibe muss ich lächeln, denn es soll ja einen hohen Politiker geben, der auch an einem Zaun stand und irgendwo „rein wollte".) Bei mir ging es ziemlich schnell. Jeder bekam einen Zettel mit Stempel und Uhrzeit. Am Pförtnerhaus hing ein großes Schild, auf dem zu lesen stand, dass das Lager überbelegt sei und die Neuankömmlinge damit rechnen müssten, irgendwann mit einem Bus woanders hin verlegt werden würden. Wir sollten in den Speisesaal gehen und dort auf Weiteres warten.

Da sah es allerdings schrecklich aus. Überall lag Müll herum. Die Papierkörbe quollen über, und die Tische klebten vor Dreck. Übermüdete, ältere Menschen saßen herum, Frauen mit plärrenden Kindern und junge Leute mit Biergläsern in der Hand. In einem Nebenraum mit einer Theke standen Betrunkene herum und grölten. „So ein Tag, so wunderschön wie heute..." Ich habe mich für meine Landsleute geschämt und fand das gar nicht so wundervoll.

Auf meinem Zettel war als Ankunftszeit 19.25 h vermerkt. Gegen dreiundzwanzig Uhr saß ich immer noch hilflos an einem schmutzigen Tisch am Fenster des Speisesaals. Draußen sah ich zwei Frauen mit einer Liste in der Hand diskutieren. Sie deuteten auf unseren Raum und schienen verschiedener Ansicht zu sein über irgend ein Problem. Ich hatte mit einem jungen Mann an meinem Tisch ausgemacht, dass wir gegenseitig auf unser Gepäck aufpassen, falls mal einer weg geht. Ich hatte so eine ungewisse Ahnung und ging zur Tür. Gleich darauf kamen die beiden Frauen herein.

„Ruhe bitte", rief die eine, und gleich darauf „Achtundvierzig Leute werden jetzt in einem Bus abfahren. Zuerst Frauen mit Kindern und ältere Leute. Ich ließ meinen Namen gleich als ersten eintragen und danach den des jungen Mannes an einem Tisch. Da mir sein Name nicht bekannt war, sagte ich er heiße wie ich. Als wir dann zum Bus kamen, wurde er aufgehalten. Es seien nur altere Leute aufgerufen wurde. Ich gab ih als meinen Neffen aus, und er durfte einsteigen.

Etwa gegen halb zwei Uhr kamen wir an der Bundeswehrkaserne in Fritzlar an. Da die Frau nicht mehr dabei war, die uns aufgelistet hatte, klärte ich, dass der Name meines Begleiters versehentlich falsch eingetragen worden sei. Kein Problem. Der Name wurde geändert.

Wir wurden sehr freundlich willkommen geheißen, und ohne große Formalitäten auf die Stuben in mehreren Baracken verteilt. Wer Hunger habe, könne in der Kantine noch etwas zu essen bekommen. Nachdem wir unser Gepäck in einer Sechs-Bett-Stube untergebracht hatten, gingen wir tatsächlich noch in die Kantine. Aus einer Blechkuh zapfte ich mir einen Becher Milch und war erschrocken. Beim Trinken dachte ich, ich hätte versehentlich

Kaffeesahne gezapft. Aus der DDR war mir Milch viel dünner in Erinnerung. Ich wollte mich entschuldigen, aber der Soldat hinter dem Küchenschalter versicherte mir, das sei wirklich Milch. Na ja, vielleicht geben Westkühe bessere Milch.

„Was wollt ihr essen"?, fragte er uns, und mit meinem großen Mundwerk habe ich im Spaß Filetsteak mit Spargel bestellt. „Kein Problem", bekam ich zur Antwort. „Aber das dauert ein Weilchen, fünfzehn Minuten mindestens." Das war mir jetzt aber peinlich, aber der Soldat grinste und meinte „Bestellt ist bestellt." So kam es, dass ich in einer Kaserne der Bundeswehr irgendwo in Hessen, in einer Stadt von der ich noch nie etwas gehört hatte, in einer Novembernacht gegen drei Uhr Früh, ein medium gebratenes Rinderfilet mit Spargel in Sauce Hollandaise gegessen habe.

Ich hatte eine schlechte Nacht. Im Bett über mir hat einer den ganzen Rest der Nacht fürchterlich mit den Zähnen geknirscht und andere haben anscheinend ganze Wälder abgeholzt. Nach dem duschen bekamen wir alle eine Einladung zu einem Aufnahmegespräch. Ich war um 13.15 Uhr bestellt. Auf die Minute pünktlich wurde ich höflich hereingebeten, und man zog gleich an Ort und Stelle das Aufnahmeverfahren durch, da hier eine Außenstelle des Aufnahmelagers Gießen eingerichtet war. Um 13.45 Uhr war ich offiziell bestätigter Bundesbürger. Gleich am Nachmittag sollten wir wieder nach Gießen fahren, mit dem Zug, kostenlos. Ich war ziemlich kaputt und bat den Offizier, noch einen Tag bleiben zu dürfen, und er antwortete mir ich könne so lange bleiben wie ich wolle. Platz sei genug. Kein Problem.

Vor dem Frühstück hatte es eine Überraschung gegeben. Im Erdgeschoss der Kaserne war ein riesiger Tisch aufgebaut, wo kostenlos alles angeboten wurde, was man so brauchen konnte. Vom Rasierapparat bis zum Schuhputzzeug, von Babynahrung bis zu Damenbinden war alles da. Shampoo und Duschgel, Getränke und Cracker. Meine lieben Landsleute haben natürlich prächtig abgeräumt, aber es wurde immer wieder aufgefüllt. Peinlich !

Nach acht Tagen sind wir beide, mein neuer Bekannter und ich, wieder nach Gießen gefahren. Ein Auto holte uns von unserer Unterkunft ab und fuhr uns zum Bahnhof. Nicht nur, dass unsere kostenlosen Fahrkarten bereit lagen, sogar ein reichliches Verpflegungspaket war gepackt. In Gießen gab es die nächste Überraschung. Es waren jetzt mindestens dreimal so viele Menschen da als vor acht Tagen. Wir hatten nicht allzu viel Hoffnung, dass es mit uns weitergehe. Wo sollten die die Leute alle unterbringen ? Wohl oder übel haben wir uns in die endlose Schlange eingereiht. So was waren wir ja zur Genüge gewohnt. Durch einen Zufall kam ich mit einer Dame ins Gespräch, die zum

Lagerpersonal gehörte. Vielleicht habe ich ihr leid getan, denn ich war einer der ältesten in der Reihe. Jedenfalls führte sie mich an den vielen Leuten vorbei in das Dienstzimmer des Verantwortlichen. Man könne den älteren Herren nicht da draußen stehen lassen, meinte sie. Ich erfuhr jetzt wie es weitergehen solle. Man bat mich, eine halbe Stunde draußen zu warten, es sei etwas in Arbeit. Sie wollten auch erst noch essen gehen. Ich ging mit der Dame wieder in den Hof zurück, denn auf dem Gang hätten mich die anderen sicher gelyncht. So machte es den Eindruck, als gehöre ich zum Personal. Als die beiden wieder zurückkamen, nahmen sie mich wieder mit ins Zimmer. Ich bekam, zusammen mit meinem neuen Freund, eine Zuweisung für einen Bus, der uns nach Meerenberg führe. Meerenberg? Nie gehört.

Ich Glaube wir fuhren etwa zwei Stunden, an Weilburg an der Lahn vorbei in den Westerwald. Der Busfahrer hatte anscheinend auch noch nie etwas von Meerenberg gehört, denn wir haben uns zweimal verfahren. Dann kam ein großer Campingplatz in Sicht. Viele Wohnwagen waren dort geparkt, und mir wurde schon ein bisschen mulmig, denn es war ja fast Dezember, und ich konnte mir nicht vorstellen, dass man so ein Ding warm brachte, wenn draußen Minusgrade herrschten. Musste ich auch nicht! Plötzlich kamen wir an eine kleine Pension. „Vöhler Weiher", stand auf einem Schild. Wir stoppten vor dem Haus und eine freundliche Frau kam auf uns zu und begrüßte uns: Die Wirtin. Leider habe ich ihren Namen vergessen, denn sie kümmerte sich sehr um uns und hat uns so das Einleben erleichtert.

Außer einer Familie mit drei Kindern wurden wir alle in 2-Bett-Zimmern untergebracht. Ich zog mit meinem neuen, jungen Freund in ein schönes Zimmer mit Aussicht auf den Westerwald. Wir hatten dann allerdings nicht mehr viel miteinander zu tun, denn der Altersunterschied war zu groß, und er hatte ganz andere Interessen als ich. Ärger bekamen wir nie miteinander, obwohl er sich als ziemlicher Filou entpuppte und echt chaotisch war. Ich bin sehr tolerant. Ein paar Tage später kamen noch mehr Übersiedler an, und wir mussten alle ein bisschen zusammenrücken. In unser Zimmer kam ein junger Pole, der kein Wort deutsch sprach. Er sprach aber ein paar Worte englisch, und damit habe ich ihm im Laufe der Zeit ziemlich mühsam ein bisschen deutsch beigebracht. Er war ein netter und höflicher junger Mann. Es hat sogar Spaß gemacht.

In der Pension wohnten nun etwa fünfundzwanzig Leute. Im Erdgeschoss gab es ein große Wohnküche mit Platz für alle, die sich nicht auf den Zimmern aufhalten wollten. Natürlich hingen wir in dieser bewegten Zeit, in der im Osten alles auf den Kopf gestellt wurde, stundenlang vor den Fernsehern. Spannenderes Fernsehen habe ich seitdem nie wieder erlebt.

Gleich am zweiten Tag kam eine junge Frau vom Sozialamt zu uns, die uns helfen sollte, die Behördengänge zu erledigen. Vor allem mussten wir zum Arbeitsamt und zum Meldeamt und was weiß ich noch wo überall hin. Wichtig war, dass wir zuerst alle ein Konto eröffnen mussten, damit das Arbeitslosengeld, oder das Gehalt, bei denen die schnell Arbeit fanden, überwiesen werden konnte. Ich hatte plötzlich ein „Westgeldkonto". Nicht vorstellbar.

Jetzt muss ich aber noch mal ein paar Worte zu denen sagen, die immer noch an allem herummäkeln, und die schon wieder die SED-Nachfolger wählen. Ich bekam plötzlich eine finanzielle Unterstützung von einem Staat, an den ich nie einen Pfennig eingezahlt hatte., kein Mark Steuer zum Beispiel. Und ich bekam mehr Geld, als ich je in meinem Beruf verdient hatte. Die Miete, die ich in der Pension zahlen musste wurde ebenfalls gestützt, sodass sie bezahlbar war. Gut, heute zahle ich wesentlich mehr als zu DDR-Zeiten, aber ein Hemd bekomme ich heute schon für 19.90 DM oder noch billiger, und einen Pullover für 29.90 DM. Man muss ja nicht immer teure Designerklamotten kaufen. Man kann jetzt natürlich sagen, dass wir in die falsche Kasse gezahlt haben sei doch nicht unsere Schuld gewesen. Stimmt ! Aber die Besserwisser von heute (ich meine die Ossis und nicht die Wessis !), wollten doch 89 nichts von der Einheit wissen. Hätten wir uns alleine aus dem sozialistischen Sumpf ziehen müssen, ginge es uns heute und noch sehr lange wesentlich schlechter. Ich bin dankbar für alles, und ich weiß nicht, ob die Wessis das noch mal mitmachen würden. Übrigens, wenn ich immer Ossis und Wessis sage, ist das nicht herabwürdigend gemeint. Für mich ist das lediglich eine Ortsbestimmung. In vielen Fällen allerdings auch eine Gemütsbeschreibung, auch wenn das keiner auf beiden Seiten gerne hört.

Klar, es wurde vieles falsch gemacht. Hüben und drüben Aber hinterher ist man immer klüger. Es gab viele Glücksritter und Betrüger, die sich eine goldene Nase verdienten, doch die waren nicht alle aus dem Westen. Manche aus dem Osten haben schnell gelernt. Aber sollte dieses Manuskript jemals ein Westdeutscher lesen, muss ich auch dem ein paar Illusionen nehmen. Dort herrscht nämlich immer noch, nein eigentlich erst seit ein paar Jahren, die Meinung, die alte Bundesrepublik schöbe wahnsinnige Milliardenbeträge in den Osten. Natürlich stimmt das, aber nur oberflächlich betrachtet. Wenn man zum Beispiel bedenkt, dass die Aldis und Nettos, die Banken und Versicherungen aus dem Westen ganz schnell zur Stelle waren, viel Geld wieder abschöpften und im Westen versteuerten, relativiert sich das doch um eine ganze Menge. Eine große westdeutsche Versicherung hat sich zum Beispiel den gesamten Kundenstamm-Ost, mitsamt den Verträgen für einen Appel und ein Ei unter den Nagel gerissen, legal natürlich. Andere Schlauberger haben sich mit Hilfe der (fragwürdigen) Treuhandpraxis einfach die Konkurrenten vom Hals geschafft, oder sie zu einem Tochterunternehmen gemacht. Aber wer wollte und will, kann das alles viel genauer aus den Wirtschafts-und Polit-Magazinen der Medien erfahren. Also genug davon.

Mir fällt da ein Gedicht ein, das ich vor einiger Zeit schrieb, und das auch veröffentlicht wurde. Viele Vorurteile liegen daran, dass sich keiner so richtig über den anderen informiert.

Hüben und Drüben

Wir sind unzufrieden.
Die da drüben nenen wir Besserwessis.
Und sie sind es. Manchmal.

Zu uns sagen sie Jammerossis.
Und wir sind es. Manchmal zu oft.
Wir neiden ihnen die lange Zeit des Wohlergehens.
Nein ?
Doch !
Dabei vergessen wir, dass wir uns es nicht aussuchen konnten.

Die kennen Mallorca gut,
Dresden kaum.

Dresden kannten wir schon,
Mallorca wollten wir kennen lernen.
Wir kennen es inzwischen.
Als Touristen.

Manche von drüben kennen Dresden jetzt auch.
Als Touristen.

Wir sollten alle mal darüber nachdenken, ob das ausreicht, denn die Euphorie der ersten Zeit und die anfängliche Freundlichkeit schlug schnell in Ärger und Misstrauen um. Nicht bei allen, aber schnell verbreiteten sich Gerüchte von faulen und kriminellen Ossis, die nicht arbeiten können oder auch nicht wollen. Dazu möchte ich meine Erfahrungen aus unserer Pension „Vöhler Weiher" erläutern. Wie gesagt, wir waren etwa fünfundzwanzig Personen und ein paar Kinder. Niemand wird abstreiten können, dass Menschen, die warum auch immer, auf Knall und Fall ihr Umfeld verlassen und ins Unbekannte gehen, dass die nicht unbedingt immer die sogenannten Gutbürgerlichen sind. Ich will mal vorsichtig schätzen, dass vielleicht gerade mal die Hälfte von uns die ordentlichen und anständigen waren. Ich kann allerdings nicht verallgemeinern. Ich spreche über die welche ich kennen gelernt habe. Zum Beispiel die Familie mit den drei Kindern. Das waren einfach Assoziale. Manchmal fuhren die Eltern mit dem Auto, das sie ganz schnell auf Pump gekauft hatten, tagelang weg ohne jemandem Bescheid zu geben. Die Kinder, der Älteste war vielleicht zehn und der Jüngste lernte gerade laufen, waren dann alleine und nervten die Bewohner unserer Pension. Was blieb uns übrig, als sie mit zu versorgen. Aber sie versorgten sich auch ohne große Umstände selbst. In vier großen Kühlschränken, die in der Küche standen, legte jeder das ab, was er für seinen Bedarf brauchte. Die Kinder bedienten sich wahllos und ohne große Umstände. Wenn ich Durst hatte, war meine Milch alle oder die Flasche vollgespuckt, denn keiner der drei benutzte ein Glas oder eine Tasse. Andere der Erwachsenen brieten ohne Hemmungen die Bratwürste, die ich bei Aldi erstanden hatte. Meist standen benutzte Teller, Tassen und Bestecke herum. In den Töpfen, die wir alle benutzten schimmelten Essenreste. Ich habe fast jeden Tag, zusammen mit einem jungen Dresdner Ehepaar, den gesamten Abwasch für die Bewohner des Hauses erledigt und die überquellenden, großen Abfalleimer entsorgt. Wenige haben mal einen Besen in die Hand genommen. Von vier Männern wusste ich, dass sie wegen krimineller Delikte vorbestraft waren. Eine Frau verdiente sich offensichtlich bei Männern ein paar Mark zum Arbeitslosengeld. Ich glaube, dass unter umgekehrten Vorzeichen eine vergleichbare Gruppe westdeutscher nicht anders zusammengelebt hätten !

Die ordentlichen von uns machten das alles nicht lange mit. Auch ich habe mich schnellstens, trotz der hohen Mieten, nach einer Wohnung umgesehen. In einem Einfamilienhaus bekam ich die Zusage für eine kleine Einraum-Wohnung, was mich dreißig Prozent meines Einkommens kostete. Ich habe das nie bereut. Zu meinen Vermietern hatte ich ein gutes Verhältnis und ich hatte es bis vor zwei Jahren, bis der Ehemann elend an der Alzheimer

Krankheit verstarb. Die Frau hat wieder geheiratet und irgendwann ging der Kontakt verloren. Es ist schade, und ich habe mir vorgenommen, wieder mal zu telefonieren. (Hallo Lulu !)

Ich habe dann bei einigen Betrieben versucht Arbeit zu bekommen, aber es hat wegen meines Alters nicht geklappt. Meine Ärztin, zu der ich wegen der notwendigen Medikamente nach dem Herzinfarkt, gehen musste, machte mir den den Vorschlag, die Rente, die ich ja in Chemnitz schon einmal beantragt hatte, noch mal zu beantragen. Wenn sie abgelehnt würde, sei ich auch in keiner schlechteren Lage als jetzt. Ich habe das gemacht, und seit dem 1.April 1990 beziehe ich eine Rente, die nicht komfortabel ist, aber ich komme damit gut aus und kann mir sogar auch mal ein Extra leisten.

Leider haben meine Vermieter ihr Haus verkauft, und der Käufer meldete Eigenbedarf an, da er drei Kinder hatte. Das war schade aber einsehbar. Wir einigten uns gütlich, und ich rief meine ehemaligen Vermieter an, die jetzt in Ostfriesland wohnten, ob sie mir zu einer neuen Bleibe verhelfen könnten. Sie sahen sich um, und hatten Glück. Ich zog nach Elisabethfehn, das ich genauso wenig kannte, wie vorher Meerenberg.

Ich konnte mich dort nie so richtig einleben. Die Leute waren höflich, blieben aber streng auf Distanz. „Welches Haus haben Sie denn gekauft ?", fragten sie. Sobald sie hörten, dass ich *nur* zur Miete wohne und den alten BMW führe, hatten sie sich ihre Meinung gebildet. Ich war der einzige arme Schlucker in einer Siedlung von etwa fünfzig Einfamilienhäusern. Jedes mit eigenem Zaun und mindestens dreimaligem Rasenmähen in der Woche. Und weit ab von jeder Stadt.

Schon im Westerwald hatte ich bemerkt, dass die Wessis, die ich kennen lernte, (auch die sympathischen) ziemlich uninteressierte Fachidioten waren. Ich meine das nicht beleidigend. Sie haben sicher alle Gutes in ihrem Beruf geleistet, das kann ich kaum einschätzen, glaube es aber einfach. Interesse für Anderes, das nicht in ihr eigenes Leben eingriff hatte kaum jemand. Alle wussten genau wo Palma de Mallorca liegt, aber dass Ostdeutschland auch eine Ostseeküste hat war ziemlich neu für sie. Von Magdeburg oder gar Chemnitz hatten sie nie gehört. Und noch heute ist alles was südlich von Rostock liegt für viele einfach Sachsen.

Mit der Zeit hatte sich dann herumgesprochen, dass es Weimar tatsächlich gibt und keine Erfindung Goethes ist. Weimar wurde auch nur deshalb schneller bekannt, weil man dahin fahren konnte ohne sich allzu weit in die ehemalige DDR vorwagen zu müssen. Berlin kannten sie natürlich und von Leipzig hatte jeder schon mal gehört, aber wo man das auf der Landkarte suchen muss war schon weniger bekannt. Noch 1991 habe ich zufällig die Insel Rügen erwähnt. Wo die läge ? In der Ostsee ? Nein, die Ostsee sei in Westdeutschland. Keine Lüge !

Aber auch auf anderen Gebieten waren viele interesselos. Ich musste 1991 einem Meerenberger erklären, wie sich seine Rente errechnen lässt. Eine mir bekannte Frau beantragte kein Arbeitslosengeld, weil ihr Mann zu viel verdiene, meinte sie. Sie wollte mir nicht glauben, dass sie Anspruch darauf habe, selbst wenn ihr Mann Millionär sei. Sie war erstaunt, als sie merkte, dass ich recht hatte. Solche Geschichten könnte ich reihenweise erzählen. Schlimmer jedoch war, dass sich allmählich viele Vorurteile herausbildeten. Der Kneiper, zu dem ich ab und zu mal essen ging meinte, uns wäre es auch besser gegangen, wenn wir nur ein bisschen mehr gearbeitet hätten. Und das sagte er mir als er gerade mal vier Gäste in seiner Kneipe hatte. Wenn er seine Bude einmal so voll gehabt hätte, wie ich meine immer, wäre er schrecklich ins Schwimmen gekommen. Ich hab´s ihm nicht erklärt Ich lass ihn dumm sterben.

Ich sagte bereits, dass ich mit den Ostfriesen nicht so gut zurecht kam. Das kann natürlich auch an mir gelegen haben. Meine Wohnung lag meilenweit von jeder Kultur fern. Wenn ich mal ins Theater wollte, musste ich fast vierzig Kilometer mit dem Auto fahren. Das wäre ja noch gegangen, doch man muss ja auch wieder zurück, und ein schöner Abend in der Oper ohne anschließend ein gutes Essen und ein Glas Rotwein...?

Also fasste ich wieder mal den Entschluss umzuziehen. Gerne wäre ich nach Leipzig gegangen. Das ist für mich die interessanteste Stadt im Osten, aber die Freunde und Bekannten, die ich noch hatte, wohnten alle in Chemnitz. Ich habe mir einen Möbelwagen gemietet und mein damaliger Vermieter half mir beim Umzug. Er war ein echter Ostfriese und ließ sich das recht gut bezahlen. Ich hätte ihn eigentlich nachträglich anzeigen sollen, denn er hat mir für eine kleine Wohnung 100% mehr abgeknöpft, als damals in der Gegend üblich war. Ich war dumm genug, das auch zu bezahlen. Heute wäre ich klüger. Angezeigt habe ich ihn dann doch nicht, weil ich mir den Haufen Ärger sparen wollte.

In Chemnitz halfen mir fünf alte Freunde beim Einzug in meine neue Wohnung. Andreas und Karin waren sogar extra aus Heidenau gekommen. Alle meine Möbel wurden im großen Treppenhaus geschrubbt und poliert, und manche hatten das auch nötig. Ich bin ziemlich liederlich. Vorher hatte ich einen Maler beauftragt, alles zu renovieren, und seitdem fühle ich mich in meiner kleinen Wohnung im neunten Stock eines elfgeschossigen Plattenbaus wohl und bin zufrieden. Ich bin in den Verein des Chemnitzer Theaters eingetreten und komme so einmal an preiswerte Theater-und Opernkarten, konnte aber auch gute Kontakte mit anderen Menschen knüpfen und hatte Gelegenheit mit Schauspielern und Regisseuren zu sprechen. Mit einem Videoclub in einem Jugendclubhaus arbeite ich mit jungen Leuten zusammen. Allerdings war ich im letzten Jahr dabei ziemlich faul, weil ich viel anderes zu tun hatte. Die meisten der jungen Leute hätte ich vorher sicher noch gemieden, denn sie sehen nicht alle so aus, wie man sich gesittete Menschen vorstellt. Ich habe jedoch gelernt Vorurteile zu vermeiden. Es sind durchweg wundervolle Jungen und Mädels zwischen sechzehn und achtzehn etwa. Mit gutem technischen Verständnis und noch größerem Eifer drehen sie Videofilme. Meine Aufgabe ist es, neben den anderen Ideen beizusteuern, und ich versuche, die Drehbücher zu schreiben. Ich habe mich sogar überreden lassen, in zwei oder drei Filmen vor der Kamera zu agieren. Ich finde mich zwar nicht so gut, aber wenn wir die Filme vorführen gibt es immer einen guten Applaus. Und eitel bin ich ja auch ein bisschen.

Nachdem ich vor der Wende schon alle Ostblockländer kennen lernte, (außer Jougoslawien), habe ich jetzt nachgeholt, was ich bisher versäumt hatte. Ich war in Italien und Frankreich in Schweden und Spanien, kurz mal in Paris und vor allem mehrmals in USA. Ich sah New York, den Times Square und die Fith Avenue, schaute vom World Trade Center auf Manhattan. Ich fuhr mit der Mist of Maid direkt vor den Horse Shoe Fall der Niagara Fälle, stand in Washinton vor dem weißen Haus und auf den Stufen des Capitols. Zuletzt war ich im Westen Canadas in Vancouver und fuhr mit dem Mounteneer über die Rockies. Ich habe im Atlantik gebadet und im Pazific. Die schönste Reise war eine Kreuzfahrt von Genua über den Atlantik nach Miami. Wir gingen in Gibraltar an Land, und in Marokko, an verschiedenen Inseln der Karibik, in Tortola zum Beispiel und St.Kits. Ich sah Nassau auf den Bahamas und machte noch eine kleine Rundreise in Amerika. Ach so, Mallorca kenne ich jetzt auch. Den Ballermann habe ich mir jedoch nicht gegönnt ! Jetzt habe ich genug gesehen und werde ein bisschen kürzer treten. Die langen Flugreisen machen mir in meinem Alter doch schon zu schaffen.

Ich hatte schon immer Freude an guter Literatur und habe gelesen, was ich bekommen konnte, auch mal etwas das man in der DDR nicht kaufen konnte. Ich habe auch immer zu schreiben versucht, aber man konnte ja seine Meinung nicht laut sagen und schon gar nicht schreiben. Lügen wollte ich nicht. Vor ein paar Jahren wurde ich Mitglied im 1.Chemnitzer Autorenverein. Jetzt schreibe ich regelmäßig Kurzgeschichten, Krimis und neuerdings habe ich mich an Hörspielen versucht (mit bescheidenem Erfolg.)

Meine Kurzgeschichten und ein paar kritische oder ironische Gedichte wurden bisher in vier Anthologien veröffentlicht. Und kurz bevor ich diese Biographie zu Ende schrieb erschien ein neuer Krimi von mir. Ich habe ein paar ganz kleine Preise bei Schreibwettbewerben bekommen, habe mich aber auch bei anderen Wettbewerben beworben wo mein Genie nicht erkannt wurde.

Vor kurzem schrieb das Chemnitzer Schauspielhaus aus Anlass einer Agatha-Christie-Premiere einen Wettbewerb für Krimi-Geschichten aus. Ich machte mit und bekam zwei Einladungskarten für die Preisverleihung und war natürlich in der Hoffnung, einen Platz auf dem Treppchen zu erwischen. Ich fand meine Geschichte Klasse. Ob die das aber auch so sehen ? Sie sahen es, aber über mir standen noch andere.

Alle werden bemerkt haben, dass ich ziemlich zufrieden und glücklich bin, auch wenn in meinem Leben nicht alles ganz glatt ging. Vielleicht gerade deshalb. Jetzt habe ich nur noch eine Sorge. Es hat sich ja sicher inzwischen herumgesprochen, dass es bei uns Tausende leerstehender Wohnungen gibt, und nicht nur die vielgeschmähten Plattenbauten. (So schlimm sind die gar nicht, wenn sie ein bisschen bunter gemacht werden.) Jetzt wurden in unserer Stadt Beschlüsse gefasst, einige davon abzureißen, oder wie es im schönen Beamtendeutsch heißt „rückzubauen". Ich denke mal, dass vor allem die ganz hohen davon betroffen sein werden. In dem Elfgeschosser, in welchem ich wohne, stehen 25% der Wohnungen leer. Ich sehe ja ein, dass etwas geschehen muss, aber kein Mensch sagt mir was passieren wird und wann. Man sollte die Karten einfach auf den Tisch legen, dann kann man sich darauf einstellen. Aber das interessiert die Beamtenseelen nicht und den Leser vielleicht auch nicht. Oder ?

Im letzten Satz habe ich vom „Leser" gesprochen. Ich weiß ja überhaupt nicht, ob mein Manuskript jemals gedruckt wird. Ich habe es einigen Freunden zum lesen gegeben, und (fast) alle rieten mir, es einem Verlag anzubieten.

MAL SEHEN !